Adrien Grossrieder

MONDE ?

© 2024 Adrien Grossrieder
Édition : BoD • Books on Demand GmbH,
In de Tarpen 42, 22848 Norderstedt
(Allemagne)
Impression : Libri Plureos GmbH,
Friedensallee 273, 22763 Hamburg
(Allemagne)
ISBN : 978-2-3225-5472-0
Dépôt légal : Septembre 2024

« Toute une vie luxuriante qui se propageait : le murmure des gens, le bruissement du trafic, et le tout si réel, si indubitablement réel. »
(Radio Libre Albemuth, Philip K. Dick)

« Et j'avais une issue pour ramener la paix, c'était me réfugier dans le beau et le sublime – en rêve, évidemment. »
(Les carnets du sous-sol, Dostoïevski)

« Laisse-moi tranquille que mon esprit puisse parcourir l'infinie beauté de ta glorieuse splendeur ; laisse-moi seul un moment à saliver et rêver les yeux grands ouverts. »
(Demande à la poussière, John Fante)

1

(ébauche numéro un)

L'action pourrait se dérouler un samedi dans un appartement quelconque d'une ville moyenne. Un trois pièces rudimentaire, assez vaste cependant pour entasser quelques meubles imposants.
Joli logement rénové, loué par un bailleur privé dans une résidence. Décoration au mur simpliste, quelques tapis orneraient un faux parquet.
Quelqu'un sonne à la porte. Bastien va ouvrir, à moitié réveillé, même si midi est déjà loin. Cheveux châtains mi-longs mal peignés, épis, lever difficile.
« Ah, tiens salut Geoffrey ! Content de te voir ! »
Geoffrey entre et voit le visage pâle de son ami, alors que l'on est déjà au mois de juin et que de superbes journées se sont succédé récemment. Il s'étaient vus il y a un mois environ et Bastien n'a pas l'air en meilleure forme depuis. Il lui fait savoir par une remarque banale.
« Salut ça va ? Tu sors pas de chez toi, ou quoi ? Tu sais que tu peux aller te balader de temps en temps ?

– Ah en ce moment c'est boulot boulot, quand je rentre, je suis lessivé et ça ne me dit de rien faire. Pas trop envie de voir du monde. Le week-end, comme tu vois, je me lève tard. »

Geoffrey est grand, svelte mais bien charpenté, bronzé, cheveux rasés, tatouages sur avant-bras musclés, souriant souvent, même sans raison. Bastien, chétif, un peu courbé, visage n'exprimant pas facilement la bonne humeur, se laissant souvent aller que ce soit au niveau de l'apparence ou de l'hygiène de vie. Assez mélancolique et discret.

Il invite son ami à s'installer :

« Prends une chaise, Geoff, assieds-toi, tu veux boire quoi ?

– N'importe, ce que t'as, merci, un truc sans alcool.

– Ok, un diabolo pour toi, une bière pour moi.

– Alors, quelles sont les nouvelles ? Le boulot tu disais, c'est comment ? »

Bastien sortirait chips, pistaches et saucisson puis il expliquerait que les affaires marchaient très bien, toujours dans le même bureau d'études, à jongler entre statistiques et supervision financière.

« Et les amours ? » continue Geoffrey.

Bastien se renfrogne. Il déteste parler d'amour, car à bientôt vingt-sept ans il a pratiquement tout raté dans ce domaine.

Désirant quand même faire bonne figure :

« Toujours pareil, néant cosmique, j'ai beau être amoureux, rien n'arrive. Mais bon, ça ne devrait pas tarder, je garde bon espoir.

– C'est que tu as quelqu'un en vue alors. Mais ne me dis pas que t'es toujours sur cette femme que tu as rencontrée lors de ton stage il y a quatre ans et que tu n'as jamais revue. C'est comment déjà ? Apolline ?
– Je ne veux pas te l'affirmer mais je ne veux pas dire non plus que non. Enfin, je pense très souvent à elle.
– Tu sais que ce n'est pas normal. Le mois dernier quand on s'est vus, tu m'as dit que tu lui avais encore envoyé des messages, des chansons et des photos de toi toutes les semaines, j'imagine que depuis, elle ne t'a pas plus répondu que les fois précédentes et que malgré tout tu persistes dans l'erreur. Il me semble que tu avais déjà fait ça avec une autre. C'était comment déjà ? Peu importe tu me diras, mais combien de temps est-ce qu'il te faudra pour te rendre compte de l'absurdité de tout ça ?
– Je sais pour l'absurdité, merci. Non je n'ai jamais agi comme ça avec personne d'autre, enfin j'avais peut-être eu une amourette superficielle il y a longtemps, mais au fait qu'est-ce que j'ai fait de mal exactement ? Enfin, oui je sais bien que... (il ne finirait pas sa phrase, agacé) Tu es venu uniquement pour me parler de ça ou tu voulais m'annoncer d'autres choses ?
– En fait, oui tu m'inquiètes mec. Tu ne sors quasiment pas, tu ne réponds plus guère aux messages ou alors tu postes des choses incohérentes sur ton réseau social... D'ailleurs il me semble même que tu as supprimé ton profil sur *Flapchat*. Je sais pas ce qui

cloche alors c'est pour ça que je suis venu. Tu vas sur des sites de rencontre ? *Pincoeur* au moins ?
– Non, les réseaux, j'aime de moins en moins, j'ai l'impression que, me concernant, c'est un objet de discrimination. Je crois que je vois encore mieux qui ne m'aime pas. Si je mets des choses étranges dessus c'est justement pour prouver le côté absurde du truc, l'absence de sens. Si je mettais une photo de moi avec quelques amis ou alors seul avec mon chat, j'entrerais certainement plus dans les critères normaux de sélection sociale mais est-ce que c'est si bien que ça ? Je ne sais pas si tu me prends pour un idiot, mais je lis beaucoup, je connais le mensonge des hommes et des nombres : par exemple plus tu es aimé, plus tu es susceptible d'être aimé davantage, même sans grand mérite. Et plus tu es seul, plus on te laisse encore un peu plus seul, c'est limite si on ne veut pas t'écraser, on te fait sentir inutile. En fait que veulent la plupart des jeunes gens d'aujourd'hui ? Avoir leur photo sur internet, et puis qu'on leur dise qu'ils sont beaux et vérifier combien ils sont aimés. Je ne déroge peut-être pas à cette règle, seulement je n'y arrive pas. Et quant aux applis de rencontre, tu sais ce que j'en pense.
– Ok alors, c'est pas la peine je te comprendrai jamais (souriant), regarde-moi, j'y suis et c'est nickel, je fais des rencontres qui durent le temps qu'elles durent, jusqu'à ce que je trouve la bonne.
Je ne prends pas ça au sérieux et voilà, il me semble que ça me permet de me maintenir en forme. Ça n'a pas l'air d'être ton cas. A mon avis, tu vas finir ta vie

tout seul en continuant ainsi. Faut y aller des fois ! Et l'absence de sens, excuse-moi, mais heureusement que tout le monde ne pense pas comme toi…
– On pourrait également penser : heureusement qu'il y a des gens comme moi pour prouver aux autres qu'ils ont raison d'être comme ils sont ! Même si ce raisonnement est un peu facile, je te l'accorde. Je vois bien ce que tu veux dire mais je ne veux pas aller sur ces sites, pour quoi faire au final, forcer un destin qui n'est pas le mien, pas le bon ? Les gens qui vont là-dessus ne recherchent que de l'éphémère ou enchaîner des relations. Rien à foutre d'être seul, même si niveau sexualité, je risque de jouir… seulement d'une mauvaise réputation. »

Toutes leurs paroles ricocheraient dans la pièce, gaspillage de salive inutile tant chacun resterait campé sur ses positions. Ce n'était pas que Bastien s'avouait complètement vaincu, c'était qu'il était résigné à patienter, quitte à attendre toute sa vie s'il le fallait, même s'il ne savait pas vraiment ce qu'il attendait. Une chimère ? Il avait ce principe ancré en lui. Les deux hommes, qui se connaissaient depuis le lycée, souriraient, conscients qu'à l'approche de la trentaine, l'un comme l'autre n'avaient encore jamais réellement vécu. Ils étaient cependant capables d'avoir une conversation animée et de philosopher gentiment.

Bastien avait toujours été d'un naturel très ou trop romantique, il avait connu deux ou trois femmes tout au plus pour lesquelles il gardait une rancœur tenace. Cependant dans des moments de lucidité, il

pouvait se dire que c'était plus une rancœur à retourner contre lui-même, car à chaque fois il n'avait finalement pas réussi à se faire aimer ou lui-même n'avait pas su aimer comme il l'aurait fallu.
Il ne plaisait pas vraiment aux femmes qui le regardaient comme s'il n'était pas là. Une sorte de fantôme à qui l'on dit « excuse-moi je ne t'avais pas vu ! » Et il avait peu d'amis.
Tout le contraire d'un Geoffrey qui avait arrêté de compter ses conquêtes. Charismatique, il n'avait jamais eu de souci de solitude que ce soit en amitié ou en amour. Déjà au collège puis au lycée, les femmes lui couraient après. L'université fut une longue succession de fêtes dans lesquelles il était toujours invité. Avec une bonne cinquantaine d'ex dans sa liste de contacts, il était du genre à dire qu'il n'avait qu'à claquer des doigts pour qu'il y en ait au moins une qui rapplique chez lui et passe la nuit avec s'il en avait envie.

Geoffrey insiste sur le point qui fait mal. Apolline la petite amie imaginaire, imaginée.
« Je te connais bien Bast', je suis sûr que tu penses à cette fille tous les jours mais il faudrait peut-être te rendre assez vite à l'évidence. J'ai l'impression que tu passes à côté de pleins de choses. Là tu m'as l'air d'être resté bloqué sur une femme que tu as rencontrée il y a bientôt cinq ans (on pourrait varier le nombre des années, peu importe) lors d'un stage de quoi, de six mois, ou un truc comme ça. Vous avez dû vous voir, allez, une cinquantaine de fois, pour parler la plupart du temps de trucs professionnels.

Dis-moi si je résume bien la situation, tu as déjeuné quelques fois avec elle, et pas qu'avec elle je dirais, avec d'autres personnes en même temps je présume. Enfin, je vois pas là de rendez-vous galant. Pas de quoi fouetter un chat, ou une chatte en l'occurrence (il aurait un humour parfois peu subtil, mais qui amusait souvent son auditoire). Tu me disais même, la première fois que tu m'en as parlé, qu'elle préférait manifestement discuter avec ton autre collègue, le grand blond là. D'ailleurs, lui il l'a peut-être invitée à sortir ou inversement. Elle a marqué sa prédilection. Enfin, je ne veux pas remuer le couteau dans la plaie, seulement dis-toi qu'elle a certainement décelé quelque chose en toi qui ne lui plaisait pas et que tout ce que tu fais à présent ne sert à rien. Je ne sais pas si c'est moi qui invente ça ou si quelqu'un l'a déjà dit, mais l'absence de message est sans doute déjà un message. Ouais, elle veut te faire passer un message et toi tu ne piges pas, tu es un myope qui ne met pas ses lunettes ou un malentendant qui n'a pas branché son sonotone.

– Ce que tu dis est peut-être juste, seulement qui sait si ce n'est pas plus compliqué… Les gens parfois ne se disent pas les choses, par fierté ou par peur. Je crois que j'aimerais qu'on me le dise si on ne m'aime pas, ce serait tellement plus simple. Quoique, non même si on me le disait, je chercherais quand même sûrement à me faire aimer. C'est complexe… »

Bastien commencerait à montrer des signes évidents de mécontentement mais toujours avec une petite lueur de certitude dans son regard.

Geoffrey lui couperait la parole :

– Attends, laisse-moi terminer ma réflexion, je te connais (il pourrait dire encore plus de "je te connais" au fil de ses interventions, comme un mantra) je ne te ferai pas changer d'avis comme ça. Vous avez sûrement échangé quelques messages avec cette fille, elle t'a répondu pour être polie, et tu te seras inventé une vie. Si ça se trouve, tu auras fait la bêtise de lui composer des chansons ou des conneries dans le genre qui virent au sentimental ou alors au vulgaire. Tu sais, pour l'anecdote, j'avais un pote, il y a quelques années, il est resté des mois, non que dis-je des années, à essayer de prouver à une femme qu'il était l'homme qu'il lui fallait, mais il ne la connaissait que de vue ! Il lui a envoyé des centaines de messages, l'appelait en journée comme de nuit, lui faisait livrer des fleurs ou des cadeaux à la noix, l'attendait dans la rue devant chez elle, alors qu'elle lui avait dit plusieurs fois de la lâcher et qu'elle était déjà engagée avec quelqu'un. Elle aurait même pu porter plainte pour harcèlement tellement l'autre devenait omniprésent. Je t'épargne tous les détails mais au bout d'un moment il a fini par cesser de s'alimenter et il est tombé malade. Il tenait des propos délirants, une sorte de Camille Claudel des temps modernes au masculin. Il a été hospitalisé plusieurs mois. Il va bien mieux maintenant mais si on lui demande pourquoi il a fait tout ça, lui-même n'a aucune bonne raison à donner, ou, pour se dédouaner, il va dire qu'il a été victime d'un envoûtement. Un peu en pire, mais il me fait penser à toi en tout cas.

– Ce n'est pas la même chose ! (Bastien, visage empourpré, se demandant si l'autre le prenait pour un aliéné). Je voulais, je veux croire en quelqu'un, ou en quelque chose de beau. Je sais que cette femme est faite pour moi, tout simplement car j'ai fait un rêve avant de la rencontrer et je l'ai reconnue ensuite dans la vraie vie. Peut-être qu'elle a fait le même rêve et qu'elle ne s'en souvient pas. Au premier abord, oui ça peut paraître dingue mais j'espère avoir raison.

– Bof, à mon avis il y a de grandes chances que cette femme te prenne pour un débile. Je vois le genre : peut-être qu'elle sera gentille avec toi parce qu'à force tu lui inspireras de la pitié ou alors non, tu risques de lui faire peur, mais vieux, je pense que tu devrais sérieusement décrocher. Ne sois pas comme ces gens avec des sentiments en caoutchouc, qui, quand on les balance contre le mur ou quand on les laisse tomber négligemment au sol, reviennent encore plus fort à l'envoyeur.

– Mais il n'y a pas que les sentiments, il y a les émotions, les sensations ! (avec emphase) Lorsque je ferme les yeux, je la vois qui sourit, j'arrive à lui parler et elle me répond. Elle me demande juste de lui laisser un peu de temps. Je me mets dans un état de transcendance qui me permet d'embrasser son être tout entier, dans sa globalité et pas seulement une partie, et je suis persuadé qu'elle aussi peut le faire. Quand je me focalise, je suis ses yeux qui se plissent, ses deux ridules sur son front, son minime froncement de sourcils, sa cicatrice près du lobe de son oreille, l'arête de son nez légèrement bosselée, sa fossette lorsque ses lèvres remontent. J'ai sa posture, tantôt courbée tantôt droite comme un « i », j'ai sa voix parfois toute petite, douce et chantante, parfois cassante, mordante, meurtrière ; et je parviens à penser comme elle, des pensées qui peuvent être magnifiques ou alors très sombres, débridées ou alors muselées. En fait, je me mets totalement en empathie jusqu'à devenir elle. Lorsque j'ai trop fermé les yeux, je les rouvre et il arrive qu'une larme roule jusqu'à mon menton car c'est comme si j'avais conquis la Beauté, comme si je l'avais comprise. Je reviens ensuite à mon triste moi, ma vie monotone d'employé célibataire. Mais je crois en elle comme on croit à ce que l'on voit. »

Il dirait cela les yeux embués puis irait se resservir une bière. Geoffrey, peu convaincu :
« Ce que tu viens de dire là, ok c'est peut-être beau, mais prends conscience que c'est surtout très fou également. Cette femme, tu la connais à peine, mais tu es elle, d'accord… (moue dubitative) Le gars dont je te parlais, il pouvait dire des choses comme ça. Tu sais ce que tu es ? Un Don Quichotte qui espère une dulcinée. Oui tu crois en l'amour qui n'existe que dans les livres. Comme la mère de Demian qui raconte à la fin au héros, Sinclair, l'histoire d'un homme qui n'attend qu'une seule femme toute sa vie et qui finit à attirer vers lui "l'univers entier qu'il croyait avoir perdu à tout jamais". Je ne sais pas si tu

l'as lu ce bouquin. Mais la vraie vie, ce n'est pas ça. Ah je me fais du souci pour toi.
– Mais tu n'as pas à t'en faire. Peut-être que tu ne comprends pas car tu n'as jamais eu de vision du futur, peut-être n'as tu jamais été amoureux ?
– Bien-sûr que je l'ai déjà été. Tu dois t'en souvenir, c'était Linda, il s'agissait d'une vraie relation, pas juste une femme que je connaissais de vue. Oui, je te l'avais présentée. Je ne suis pas sûr que j'avais des pensées aussi nobles que les tiennes mais je savais que je l'aimais.
– Et peut-être qu'Apolline m'aime également. Une fois, assise en face de moi, tout en me souriant, elle prit deux mèches de ses cheveux et forma un cœur en les rassemblant. Alors que dis-tu de ça ? »
Geoffrey s'esclafferait et taperait sa main contre sa cuisse.
« Honnêtement, écoute-toi ! Tout à l'heure, tu disais qu'il fallait dire les choses, et là tu ne lui as même pas demandé sur le moment : "pourquoi fais-tu un cœur avec tes cheveux ?", tout simplement parce que tu dois te faire des films. Qui te dit qu'elle ne faisait pas un cœur au gars derrière toi ? Et peut-être que tu interprètes tout d'une mauvaise façon.
– C'est vrai, je n'ai pas osé lui demander (pensif). Selon toi, j'aurais donc seulement rêvé inutilement au final. Alors qu'est-ce que tu me conseilles ? De contacter un psy de toute urgence, de me faire interner ?
– Ben non, ce que je te recommande, c'est de faire comme moi. Profiter du temps qui passe, de ne pas se

prendre la tête. Là je vois que tu es parti dans un curieux délire. Je voudrais juste t'aider à en sortir. J'ai l'impression que c'est peut-être car je suis un peu plus âgé que toi, mais même, nous n'avons pas un mode de fonctionnement similaire. Imaginons que tu aies raison, cette femme se met à t'aimer, comme ça. Bon, en l'état actuel des choses, tu ne fais pas non plus vraiment rêver. Regarde, tu te laisses aller mon pote, il faut se ressaisir (petit geste d'encouragement avec le poing)… En réduisant bières et clopes, tu auras déjà un teint plus frais, des dents plus blanches. Et comme on dit, va à la salle de muscu, tu deviendras beau gosse. Tiens, autre chose, (toujours avec entrain) imaginons plus alambiqué, elle ne t'aime pas, mais d'ici quelques mois tu deviens on ne sait comment quelqu'un d'important : directeur de ton entreprise, une personnalité publique, un compositeur renommé, un peintre de talent. Là, parce que des gens se mettent subitement à t'aimer, à te respecter, elle reviendrait vers toi, te disant que finalement elle a changé d'avis, qu'elle t'a toujours aimé. Eh bien, tu sais, je suis sûr que tu n'en voudrais plus, tel un Martin Eden de Jack London, tu aurais le sentiment qu'elle te veut pour ce que tu es devenu et non pas pour ce tu étais quand vous vous êtes rencontrés. Oui, tu aurais toujours cette pointe d'aigreur, ce fond de déception, ces anniversaires non souhaités, ces grands événements non fêtés ensemble ou ces chagrins non partagés. Toi, tu aurais voulu qu'elle t'aime quand tu n'étais rien…

– Ce que tu dis est peut-être juste. Même si on n'est jamais vraiment rien dans la vie. Et cela dit, pour rester optimiste, la vie est longue et il en reste encore des événements à fêter.
– Oui, allez, je ne te ferai pas entendre raison, je ne peux rien pour toi. Tiens, au fait je vois là-bas tes instruments qui traînent. (On pourrait visualiser guitare, basse, saxo, piano numérique, etc). Tu as composé quelque chose récemment ? Ou tu dessines encore ?
– Non rien du tout, la musique m'intéresse moins en ce moment, je pense tout revendre prochainement, c'est comme si j'avais perdu l'envie.
– Ah c'est domma…

Le mot « dommage » partit en indéchiffrable gribouillis. Un courant d'air avait fait subtilement claquer la porte de la chambre, ce qui eut pour effet de couper l'élan d'Alvin. La porte de son inspiration s'était refermée également.
Alité, avec sa jambe droite surélevée, il s'agita, jura puis appela : « Infirmière, infirmière, s'il vous plaît ! ».
Arrivé aux urgences ce lundi en milieu d'après-midi, on lui avait fait passer quelques radiographies. Le docteur avait été formel : fracture fermée du tibia sans déplacement. Ce n'était pas si grave cependant il faudrait compter des semaines de repos et plus tard encore plusieurs jours de rééducation. Il devrait rester quelques jours ici le temps de consolider l'os avec une intervention chirurgicale.

« Je vais faire un foot avec des potes », avait donc été la pire idée qu'il avait mise en application ces derniers mois.
Aucun entraînement, aucun échauffement. Terrain goudronné, quarantaine passée, trop d'intensité.

Et Ambrine n'était toujours pas venue le voir. Elle n'avait pas le temps, elle ne viendrait que le lendemain juste après son travail. Certes, il n'était pas à l'article de la mort, il ne lui en voulait pas mais il avait quand même cette sensation qu'elle ne s'alarmait pas comme lui l'aurait fait. Peut-être aussi parce qu'ils s'étaient encore accrochés le matin même. De toute façon, c'était devenu plus compliqué depuis leur mariage. Censé les rapprocher, ce dernier n'avait fait que les éloigner un peu plus chaque jour. Après quatre ans de vie maritale, ils faisaient de moins en moins de choses ensemble, à part s'engueuler puis se réconcilier. Samedi ils s'insultaient, dimanche ils s'aimaient de nouveau tendrement, refrain entêtant d'une romance idiote.

Il balaya des yeux les quelques feuilles de papier griffonnées. Le scénario qu'il venait d'ébaucher ne lui disait rien qui vaille. Suite à l'appel à projet d'un studio, il s'était lancé en essayant de respecter le cahier des charges. Il tentait de tenir compte des mots-clés : *amour contrarié, huis-clos, personnes que tout oppose, final percutant.*
Pourtant il lui semblait qu'il manquait encore quelque chose de plus, une étincelle d'obscurité oppressante teintée de malaise. Le tout donnait le sentiment d'être assez vite bâclé. Devait-il rajeunir

les personnages, les modifier, les rendre moins consensuels ? Les américaniser, les densifier ?
Celui de Bastien, passe encore, un côté romantique et taciturne qui dénoterait avec l'époque moderne. Il se représentait bien un Théo Calumet, en plus moche, pour le jouer.
Geoffrey, homme prétentieux et narcissique mais pourtant non dénué de culture et d'intelligence, il fallait le retravailler, Alvin ne le voyait pas vraiment lire Cervantès ou Hermann Hesse. Au fait pourquoi est-ce qu'il ne l'appellerait pas Vince finalement ? Cela claquerait mieux, oui l'articulation à une seule syllabe pourrait donner un motif plus percussif, plus sifflant. Il voyait déjà un célèbre acteur incarner ce rôle, un Romuald Questar par exemple. Il imaginait le réalisateur Peter Nenni prendre en main ce court ou moyen métrage, il l'entendait déjà s'énerver : « Mais c'est pas comme ça qu'il faut le jouer, pas comme ça ! Ce n'est pas comme cela qu'il faut feindre la tristesse ! »

Tout en divaguant sur diverses personnalités, il reprit son carnet de notes et poursuivit l'écriture.
Bastien raconterait à Geoffrey ou Vince comment cette femme, qu'il n'avait dans le fond jamais vraiment connue, lui faisait penser à une magicienne, une gentille fée, comment un jour alors qu'ils étaient en train d'étudier un article de loi, elle avait regardé par la fenêtre et d'un battement de cils elle avait fait apparaître un nuage blanc bleuâtre duquel étaient tombées quelques gouttes de pluie. Et elle lui avait

fait un clin d'œil. C'était une déesse indienne avec de fausses tresses roses, noires et dorées dans ses cheveux lisses et elle savait les secrets du ciel.
Tout en écrivant cela, Alvin pensait à Ambrine qui devait être en train de rentrer du travail.
Vince en aurait marre des élucubrations oniriques de l'autre énergumène :
« Bon écoute Bastien, je voulais pas te le dire à la base. Je ne souhaite pas te faire de mal mais je vais te la révéler la vérité. C'est pour ton bien car tu es en boucle sur un amour qui n'a jamais existé ! Faut que t'arrêtes ! Eh oh, faut te réveiller, tu n'as plus vingt ans… T'es con ou quoi ? Cette femme-là ce n'est pas quelqu'un pour toi, un point c'est tout ! »

Il inspirerait et expirerait plusieurs fois de suite, comme s'il hésitait à dévoiler un secret douloureux, et aussi un peu comme si cela lui causait à la fois du plaisir et de la peine de cracher le morceau.
En levant ses paumes, il reviendrait à la charge : « Ne m'en veux pas ok, mais la première fois que tu m'as parlé d'elle, je l'ai cherchée sur les réseaux. Comme tu m'avais donné son nom, ce n'était pas bien difficile de la trouver. J'ai vu son visage, quelques photos, c'est certain, sur cela tu n'as pas tort, elle est vraiment très gracieuse. Et le fait est que, hasard ou non, le soir en me connectant sur *Pincoeur,* je la vois de nouveau qui apparaît sur mon écran. Mon sang ne fait qu'un tour et en l'espace de quelques minutes nous étions connectés. On a discuté de tout et de rien pendant des heures jusqu'à ce qu'elle me dise qu'elle voudrait bien me voir le lendemain en fin de journée.

Après avoir bu quelques verres, je l'ai raccompagnée et là je sais pas, enfin je me doutais bien que ce n'était peut-être pas très moral envers toi, quoique… Enfin voilà elle s'est jetée sur moi, elle m'a demandé de lui faire des choses qu'aucune autre ne m'avait demandé. Moi, je n'ai pas su dire non, je le voulais aussi, et au final je ne m'en veux pas, et toi non plus tu ne devrais pas m'en vouloir, car avec ce que je t'explique là tu dois comprendre que ce n'est pas une fille qui est faite pour toi. Ah elle est cintrée cette femme-là, je te jure, elle m'a raconté de ces histoires. Te connaissant, tu ne pourrais pas vraiment l'aimer si tu savais, alors que moi ça ne me dérange pas… »

Un rictus se dessinerait lentement à contrecœur sur le visage de Bastien. Cette beauté qu'il avait idéalisée, déifiée pendant des mois, des années, tout ça pour quoi au final. L'autre qui avait déjà eu des centaines de maîtresses, il lui avait aussi fallu celle-là. Il tremblerait un peu, incrédule, il ne dirait pas un mot. Entre deux gorgées de bière, un goût d'injustice naîtrait dans sa bouche. L'autre prétendu ami insisterait un peu plus méchamment, en ricanant :

« On a même causé de toi ensuite. Imagine-la avec sa voix meurtrière comme tu disais, elle te bute : "t'es laid, t'es un gros lourdingue, un tocard, tu sers à rien, tu n'as aucun charisme, tu sens mauvais, je ne t'aime pas !" C'est en substance ce qu'elle m'a dit quand elle parlait de toi, et encore j'en passe, mais tu peux crever demain elle s'en fichera pas mal. Ton amitié, elle n'en veut même pas. Franchement, pour qu'elle dise ça tu devais être le boulet du stage. Une fois tu lui avais fait un compliment sur sa coupe de cheveux, le lendemain elle avait changé de coiffure. En fait, toi tu crois en un coup de foudre mais tu ne veux pas réellement connaître la personne, ou bien tu veux juste courir après une femme pour que, si elle cède à tes avances, tu puisses te dire, je l'ai gagnée. Tu te prends pour Bill Murray dans *Un jour sans fin,* mais non, ça ne marche pas comme ça. Mon pauvre, je suis désolé de te l'annoncer aussi brusquement, mais on s'est revus de nombreuses fois, et elle et moi on s'aime désormais, jamais tu ne seras avec elle, jamais elle ne te s... » Il n'aurait pas le temps de terminer son impitoyable sentence. Bastien s'emparerait du couteau qui servait à trancher le saucisson, un couteau solide avec une lame en céramique, il frapperait plusieurs fois cet intarissable ami en criant : « Non pas Apolline, pas Apo ! »

Alvin referma son carnet et visualisa pendant quelques secondes dans son esprit cette scène violente. Etait-ce vraiment nécessaire ? Ou pourquoi pas l'inverse ? Vince qui tue l'autre. La mort du romantisme ingénu face à la raison mesquine en quelque sorte. Vince méchant, Bastien gentil ? Ses neurones travaillèrent à un nouveau dénouement. Vince continuerait sa litanie : « jamais elle ne te susurreras des mots doux à l'oreille, jamais tu ne la serreras dans tes bras, donc arrête de l'ennuyer avec tes messages, tes chansons nazes et tes photos, elle est à moi, tu m'entends, à moi ! ». Et c'est lui qui deviendrait le criminel ?!

Il se mordit une phalange en réfléchissant puis jeta un rapide coup d'œil sur son smartphone, mécaniquement, comme si c'était une montre.
Ah, s'il avait eu son ordinateur portable sur lui, il aurait envoyé par mail son canevas au studio et il aurait eu un avis rapide en retour. Mais il était désœuvré, il n'avait que le téléphone portable et cette télévision. Télévision qui devait d'ailleurs être en mauvais état car elle démarrait puis s'arrêtait de fonctionner sans qu'il y ait un souci apparent. Heureusement qu'il avait pensé à prendre ses carnets dans son sac de sport et qu'il les avait sur lui pour pouvoir écrire. Il devait cependant taper plus fort sinon ce serait certainement encore un scénario qui passerait à la trappe.

2

Le ciel bleu azur dépourvu de nuage donnait envie de s'envoler pour piquer une tête dedans. C'était une de ces chaudes journées de fin de printemps qui promettait de belles futures vacances estivales. Déjà on fermait les volets et les stores afin de ne pas emmagasiner trop de chaleur dans les pièces à vivre et déjà la végétation jaunissait précocement. Il était dix-huit heures lorsque Ambrine se gara dans la cour de la maison. Pavillon de banlieue dans un lotissement qu'ils avaient acheté à crédit il y a environ trois ans et demi avec Alvin.

Elle n'avait pas trouvé le temps ou le courage de répondre tout à l'heure, cependant avant de sortir de son véhicule elle envoya un message à son mari : « Je passerai demain, je t'appelle ce soir ! Des gros bisous, je t'aime fort. » La jeune femme lui en voulait un peu de ne pas être resté sagement à la maison. Elle osa presque penser : « ça lui fera les pieds ». Car oui, Alvin était exaspérant depuis quelques mois. Déjà, c'était quasiment certain qu'il avait repris la clope alors qu'il avait totalement arrêté depuis deux ans. Il s'y était mis après avoir stoppé ses activités sportives. Il n'avait jamais été un gros fumeur, il avait même déjà eu des périodes d'arrêt, mais elle, elle haïssait la cigarette. Avant-hier la chemise d'Alvin empestait le tabac froid, alors elle avait fait une réflexion et naturellement ils s'étaient embrouillés. Aujourd'hui, il aurait dû tondre la pelouse à l'arrière de la maison et s'occuper des mauvaises herbes sur les dalles de la terrasse. Il s'était aussi engagé, il y a un moment déjà, à bêcher un coin de terre pour repiquer trois ou quatre pieds de framboises. Non au lieu de tout cela, il était allé jouer avec ses potes et s'était pété la patte.

Toutefois cet incident avait fait comprendre à Ambrine qu'elle aimait cet homme à présent plus fort encore. Lorsqu'elle se penchait sérieusement sur le sujet, elle en arrivait parfois à des théories douteuses. C'était un amour logique et déraisonnable à la fois. Elle qui privilégiait le bon sens au détriment du paradoxal, elle ne comprenait pas le « pourquoi lui ? » mais elle l'aimait, point final.

Il y avait leurs prénoms, c'était un bon début, ils se correspondaient, et de temps en temps des couples se forment comme cela, sur une histoire de consonance, de rime. Combien de Paul avec Pauline, de Simon avec Ninon ? Mais non, peu importait le prénom ou le nom, finalement, c'était la personne qu'Ambrine aimait, pas des voyelles et des consonnes. Dans son âme quelque fois fleur bleue, elle se contait que leurs destinées étaient liées et que leur histoire commune était déjà gravée dans les étoiles depuis des milliers d'années. En des temps immémoriaux, une prêtresse avait sûrement déjà dû prédire leur union. C'était

évident, leur amour devait être antédiluvien. Parce qu'après seulement quelques semaines de relation, elle avait reconnu en Alvin, un amant, un ami, un père, un frère, enfin toutes ces banalités que l'on voit circuler sur le net lorsque l'on demande au moteur de recherche « comment savoir si je suis amoureux (se) ?»
Elle ne jugeait plus si ridicules les personnes qui argumentaient sur les forums à coups de « je l'ai identifié comme mon âme sœur… »

Néanmoins depuis qu'il avait changé de métier il y a deux ans, il donnait l'impression de se complaire dans la fainéantise. Il avait quitté la fonction publique alors qu'il avait une bonne place de technicien informatique à l'université, tout ça pour se consacrer à sa passion du cinéma et à ses scénarios. Il avait toujours aimé écrire en amateur, même des pièces de théâtre. Il avait des connaissances dans ce milieu et beaucoup l'avaient encouragé, il avait paru très motivé, déterminé. Mais trop souvent, le matin, en télétravail, il pouvait rester avachi quelques heures sur le canapé à regarder Titi et Grominet, Tom et Jerry ou Daffy Duck. « Ça m'inspire » se justifiait-il. Et malgré sa barbe noire et sa musculature, il ressemblait à un de ces gamins dont elle devait s'occuper à l'école. Etre scénariste, c'était un métier qui en imposait sur le papier, mais il n'avait rien pondu de potable depuis un bout de temps. En fait, avait-il déjà créé quelque chose de bon ? Une société de production lui avait acheté l'année dernière le scénario d'un court-métrage de quelques minutes.

L'histoire d'un robot aspirateur qui écrivait des poèmes d'amour à une station météo. Il avait été grassement rémunéré, le film avait été diffusé à la télévision sur des chaînes publiques. Il y avait eu des retours positifs, les téléspectateurs, apparemment, avaient apprécié ce programme, mais cela s'était arrêté là. Depuis, il remettait en forme des scripts, concevait quelques dialogues ou s'occupait de rectifier des sous-titres.

Ambrine empoigna sur le siège avant droit de la voiture sa mallette qui contenait les leçons du jour. La jeune femme avait suivi le chemin inverse. Auparavant attachée commerciale s'occupant de l'export dans une firme réputée de tuyaux métalliques, elle avait passé un concours pour être prof après que sa meilleur amie Jennifer lui avait envoyé, il y a trois ans de cela, un message avec un lien qui menait à une inscription. C'était à la base juste pour blaguer : « tiens, pour toi qui aimes les gamins, d'ailleurs tu devrais faire ce métier avant d'en avoir un à toi ». Après une préparation express mais intensive, elle l'avait réussi assez aisément tandis que d'autres passaient et repassaient ce concours plusieurs fois sans même jamais l'obtenir. Fraîchement reconvertie, elle adorait son travail. Après une année de stage obligatoire c'était même devenu rapidement une passion. Ses élèves, il lui arrivait même de les appeler affectueusement « mes gosses », elle en prenait en effet soin comme s'ils avaient été les siens. Fini les tableaux informatiques remplis de chiffres et de références nébuleuses avec

des acronymes plus ou moins identiques, les réunions interminables où les gens ne savent pas pourquoi ils sont là mais font quand même acte de présence et puis les ordres du responsable commercial toujours formulés d'une manière nerveuse avec des « Allez, allez, plus de dynamisme. » Maintes fois, elle s'était retenue de le baffer ou l'insulter, ce pseudo ministre du commerce.
Dans ce nouveau métier, elle avait désormais ce sentiment de simplicité, d'utilité, d'humanité. Pour rien au monde, elle n'aurait voulu retourner là d'où elle venait, même si elle avait vite constaté qu'en s'appliquant à gérer au mieux sa classe et les relations avec les parents d'élèves, en corrigeant les cahiers et en préparant les devoirs, cela lui accaparait une bonne partie de son temps libre.

    La jeune femme entra dans le salon, observa la pile d'habits qui traînait sur la planche à repasser et un pot de yaourt vide sur la table basse. Elle maugréa « Rah, Alvin, le linge, la poubelle, je suis pas ta mère... » Elle se dirigea vers la baignoire. Besoin d'une douche car les gamins avaient voulu la rendre chèvre cet après-midi. Faire faire du sport à une vingtaine d'enfants de six ou sept ans, c'était déjà comme si elle s'était adonnée elle-même au sport. Elle se savonna, se rinça, se sécha, baissa le volume de la radio qui chantait un tube de Louanne. Elle aurait juré que quelqu'un venait de sonner. Oui, cela recommençait, cela insistait avec en prime des coups rapides sur le carreau de la baie vitrée.

Ambrine s'habilla en vitesse en revêtant pantacourt, soutien-gorge et t-shirt. « J'arrive, j'arrive ». Elle entrebâilla la porte pour découvrir sur le seuil un vieil homme habillé tout en noir avec un col blanc. Il avait un visage ovale et des lunettes rectangulaires.

D'abord, un mauvais pressentiment envahit la femme. Elle songea qu'il était arrivé quelque chose à son mari, que cette simple fracture cachait quelque chose de plus dramatique. Cette crainte s'estompa lorsqu'elle croisa le doux regard de l'homme. Il avait un sourire aimable et puis sa tête lui évoquait vaguement quelque chose.
« Vous êtes Mme Ambrine Tominezzi » il déclara plus qu'il ne demanda.
Elle acquiesça. L'homme se présenta, il semblait ému, parlait avec difficulté.
« Je suis le prêtre de la commune d'à côté, le père Jean-Etienne. Ma requête va vous paraître très singulière, j'en ai conscience, mais voulez-vous bien me suivre présentement à l'église ? Je vous préviens, c'est une affaire extrêmement importante et il est possible que nous en ayons pour un moment. Il risque de faire plus frisquet là où nous irons, aussi je vous conseille de prendre quelques vêtements de rechange, un petit gilet, des chaussettes, le strict nécessaire si jamais vous deviez vous salir. »

En temps normal, Ambrine, femme plutôt rationnelle et terre à terre dans la vie de tous les jours, aurait claqué la porte au nez de cet individu. Il voulait quoi lui au juste ? Aller camper avec elle ?

Mais, cet homme, il dégageait une aura de bonté impalpable, presque magnétique.
Il lui inspirait confiance. Comme hypnotisée, elle s'entendit répondre : « Bougez-pas, Monsieur le Curé. Je suis là dans cinq minutes ! »

3

« La symbolique de l'homme qui opte pour une femme plutôt qu'une autre est toujours assez puissante et révélatrice de ce qui forge un destin. » Alvin ressassa cette phrase qu'il venait d'entendre à la télévision. C'était un psy sur la cinquième chaîne, décontracté, cheveux noirs longs frisés, voix grave et posée, qui venait de prononcer ces mots, comme s'il énonçait une vérité première. A bien y réfléchir cela pouvait fonctionner aussi dans le sens inverse avec une femme qui jette son dévolu sur un homme. Il était clair en fait que cette affirmation pourrait être en accord avec cette histoire de scénario, même avec sa vie personnelle. S'il se souvenait bien, lui il n'avait jamais eu de difficulté à trouver une petite amie mais il avait dû faire un choix à un moment de son existence. D'autres galéraient ou devaient jouer la comédie. Alvin, joueur de foot amateur, avait eu dans sa jeunesse une certaine cote dans sa région. Il avait vite compris que lorsqu'il marquait un but ou lorsqu'il taclait un adversaire, une partie de la gent féminine dans le public pouvait scander son prénom et était susceptible d'être séduite, et encore plus s'il

réussissait un geste spectaculaire et ou acrobatique comme une bicyclette ou un ciseau.
Le fait qu'il fasse attention à sa condition physique, que son corps soit assez costaud, c'était peut-être cela qui avait plu à Ambrine au prime abord. S'il avait été un type lambda qui ne prenait pas soin de lui, alors là, se demandait-il parfois, pas d'Ambrine ?

L'homme se remémora les matchs comme s'ils avaient eu lieu hier, bien qu'ils se soient joués il y a plus d'une décennie. Sa future femme était venue un dimanche avec une de ses copines alors qu'elles n'aimaient pas plus le football que ça, c'était une découverte pour se changer les idées. Alvin, repositionné en milieu offensif, avait marqué deux buts et son équipe l'avait emporté en survolant les débats. Ambrine était revenue la semaine suivante juste pour le voir jouer lui. Cette fois là, il n'avait pas scoré mais il avait réalisé trois passes décisives. Il n'était pas toujours aussi bien inspiré. Transpirant, en fin de rencontre, il l'avait repérée tandis qu'elle attendait timidement près des vestiaires : « Eh toi, tu me portes chance ! » Yeux scintillants de part et d'autre. Un commentateur qui aurait assisté à leur rencontre aurait pu s'affoler et s'écrier : « Coup de foudre instantané », mais ç'aurait été une erreur de jugement. Cela avait plus ressemblé à une révélation d'abord amicale qui s'était transformée à court terme en grand amour, voire en adoration mutuelle. Lui, taille moyenne, des cheveux noirs rasés de près, une barbe soignée ; elle, petite femme aux yeux rieurs, cheveux châtains aux reflets blonds. Elle allait avoir vingt ans et lui presque trente. Une dizaine d'années d'écart environ. A l'échelle d'une vie cela paraît conséquent et assez peu à l'échelle de l'humanité. En tout cas, ils étaient nombreux dans leur entourage proche qui voyaient cette relation d'un mauvais œil. Que ce soient la famille ou les amis, tous avaient de bons conseils à leur donner et c'étaient surtout des recommandations pour qu'ils se séparent. « Al' qu'est-ce que tu fous avec une fille comme elle, elle n'a pas d'expérience, elle ne connaît rien à la vie, elle veut juste s'amuser ! » ou « Mais Ambri', tu ne vas quand même pas te mettre en ménage avec un gars comme lui, il est bien trop vieux, il va juste vouloir te cadenasser ! »

Cet écart ayant la plupart du temps tendance à moins se remarquer plus l'âge des deux partenaires avance, le couple décida qu'il n'y avait que les mauvaises langues qui pourraient trouver à redire. Et comme le monde autour d'eux semblait enfin respecter leur amour au fur et à mesure que les mois passaient, ils se fréquentèrent de plus en plus régulièrement, jusqu'à ce que régulièrement devienne le quotidien. Ils s'aimèrent d'abord pour ce que leur image renvoyait en reconnaissant dans les traits du visage de l'autre, dans l'intonation de la voix, dans la prosodie, tout ce qui crée le ciment d'un couple. Puis deux années avaient filé, les sentiments s'étaient installés : parfois en symbiose, ils parvenaient à terminer les phrases de l'autre, employaient les mêmes expressions, se surprenaient à chanter les mêmes chansons sans s'être concertés à l'avance, à penser à eux comme une entité distincte, à dire « nous » ou « on », enfin, à se sentir fusionnés.

Dernièrement, ils avaient sérieusement pensé à avoir un enfant. A l'aube de ses trente ans, Ambrine avait ouvert le dialogue et il n'avait pas été long :
« J'aimerais bien avoir un enfant, je me sens assez mûre maintenant, et toi ?
– Bien-sûr, il avait répondu, ce serait magnifique !
– Alors fais-moi un gosse ! Enfin, faisons un gosse ! »
Il ne leur manquait plus qu'un bébé pour rendre leur bonheur encore un peu plus parfait. Ils avaient essayé avec assiduité au cours des dernières années mais ce petit déclic qui permet à la vie d'apparaître dans le ventre de la femme n'avait pas eu lieu. Ils savaient ce qu'ils devaient faire, ils n'étaient pas novices en la matière, ils pratiquaient plusieurs positions, parfois même inconfortables.

Rien n'arrivait. Alvin soupçonna un temps Ambrine de prendre encore la pilule. Pourtant, non, c'était juste que l'heure n'était pas venue. Tout allait bien côté médical, ils avaient passé tous les tests possibles et consulté quelques illustres spécialistes. Ils s'étaient posé des questions, avaient vaguement hésité à consulter un marabout, plus pour plaisanter. Mais comme ce sujet pouvait cristalliser les tensions s'ils en parlaient trop longtemps, ils avaient fini par éviter au maximum les discussions qui tournaient autour. Ils se disaient : « Tant pis, rien ne presse, ça arrivera quand ça arrivera. »

On était mardi matin et Ambrine n'avait pas encore donné signe de vie. Alvin, émotif, chouinait bêtement sur son lit. « Pourquoi ne me contacte t'elle pas ? Qu'est ce que j'ai fait pour mériter ça ? » Elle ne l'avait même pas appelé la veille alors qu'elle lui avait écrit qu'elle le ferait. Il commençait à trépigner d'impatience. Il avait toujours eu ce tempérament impatient, il aurait par exemple voulu sortir de la douche et être sec sans passer par la case serviette.

Après la dispute du lundi matin, c'était peut-être à lui de faire le premier pas et non l'inverse. Motif futile, elle lui avait ordonné sympathiquement : « passe pas la matinée sur tes dessins animés à la con » et il avait répondu un truc comme « ok maîtresse mais chut, tu vois bien que j'écoute là », juste pour rigoler. Puis ça s'était envenimé avant qu'elle ne parte travailler. Il aurait dû courir après et lui demander pardon. Il se sentait bien seul dans cet hôpital. Penaud, il essaya d'envoyer des messages, de lui téléphoner, de la joindre par tous les moyens, usant même de télépathie. Sans succès. Le petit cercle d'envoi des messages tournait à l'infini et son numéro était toujours directement sur boîte vocale. Il appela la meilleure amie d'Ambrine qui ne répondit pas. Il appela sa belle-mère qui n'avait pas plus d'informations à lui donner. Elle allait passer voir dans la matinée ce qu'il en était mais elle ne cachait pas son inquiétude.

Vers huit heures trente, une sonnerie retentit. Lauriana, la belle-maman, déclara d'une voix sanglotante : « Je suis passée devant chez vous, j'ai vu sa voiture. J'ai sonné à la porte, il n'y a eu aucune réponse. Hier, elle m'avait envoyé un message en me disant qu'elle allait se promener vers le village voisin et qu'elle avait une réunion importante aujourd'hui dans la matinée. Je ne sais pas quoi faire, je vais déjà aller voir sur son lieu de travail et si elle n'y est pas j'irai au commissariat. J'espère qu'il ne lui est pas arrivé quelque chose. »

Alvin, Marcel Proust boiteux, raccrocha, posa un index sur chacun de ses sourcils en songeant avec tristesse : « Ambrine disparue ?»

Il ne s'apitoya pourtant pas très longtemps, il la connaissait, elle ne devait pas être très loin.

Il agrippa son calepin et recommença à plancher sur son scénario. Le choix des prénoms pouvait être déterminant pour la réussite ou le flop de son œuvre. Même si certains éléments échapperaient sans doute à son contrôle, tel le subconscient qui remonterait inopinément à la surface, il devait être vigilant car tout ce qu'il écrirait serait peut-être mal interprété et retenu contre lui. Lui-même avait un prénom qui signifiait qu'il était « l'ami de tous » et c'était vrai qu'il ne s'était jamais réellement fâché avec qui que ce soit, il ne se connaissait aucun ennemi.

Geoffrey / Geoff ou Vincent / Vince, peu importe, les deux sonnaient bien à ses oreilles, assez virils. Bastien faisait fort et un brin fragile à la fois, un peu corse, adouci par la dernière syllabe.

Apolline était la personnification féminisée d'un dieu grec. Il n'écrirait donc pas tout cela par hasard et il comptait calquer l'intrigue sur des morceaux de sa

propre vie, en s'aidant de certains passages de son existence. Sinon, comment créer ? A partir d'un rien ? Hors de question.
Le personnage de Vince, en exagérant, lui collait un plus à la peau que celui de Bastien. Même s'il pouvait paraître franchement très antipathique et infantilisant lorsqu'il faisait la morale, voire carrément horrible lorsqu'à la fin il se moquait ouvertement des sentiments de son ami.
Bastien, lui, était inspiré par un camarade de lycée, un intello amoureux d'une jeune fille qui ne cessait de le repousser et de le rabaisser. A l'époque, Alvin regardait cela d'un air intrigué : plus elle l'ignorait ou le malmenait, plus ce camarade semblait l'aimer un peu plus à chaque fois. Elle pouvait se montrer piquante, dès que l'autre ouvrait la bouche c'étaient des « oh ta gueule toi, pauvre type », de temps à autre effrontée, quand l'autre donnait une bonne réponse au prof, elle pouvait dire furtivement : « c'est bien tu es trop fort, tu peux t'en aller, franchement, si tu te barres tu manqueras à personne » ou elle assénait des « rentre chez ta mère gogol » ou encore « toi et moi ce sera toujours dans tes rêves ». L'adolescent, aux yeux de merlan frit, n'avait aucun répondant et devait prendre ces paroles pour des marques d'affection car il continuait d'essayer de se faire aimer d'elle. Certains l'avaient affublé du nom de « paillasson ». Il était resté très longtemps, même bien après le diplôme en poche, plein de bons sentiments pour cette fille qui n'en avait jamais rien eu à faire de lui. Le pauvre homme devait malheureusement finir par

mourir jeune d'une maladie foudroyante sans avoir jamais revu celle qu'il aima sans doute jusqu'à son dernier souffle. Quant à la jeune fille, Alvin ne savait pas ce qu'elle était devenue. Certaines personnes au lycée, sans doute par jalousie, colportaient des rumeurs fondées ou non à son sujet. Elle avait eu ainsi plusieurs surnoms comme « la chaudière » ou « ça reste entre nous ». Mais à cette époque, Alvin restait en retrait de ces enfantillages, il était focus sur ses études et sur son sport, n'écoutant pas les ragots. Les gens peuvent être blessants ou blessés, ou les deux à la fois, c'était ce qu'il avait enregistré. Il avait remarqué au cours de sa vie d'adulte que plus d'hommes ou de femmes qu'on ne le pensait étaient comme ce camarade ; égarements masochistes ou faible estime de soi, ils étaient prêts à se damner pour une personne qui les humiliait ou ne leur donnait aucun espoir. Il avait aussi par la suite cerné les érotomanes : cette femme qui est persuadée que son médecin l'aime ou cet homme qui assure à tout le monde qu'une célèbre top-modèle est amoureuse de lui alors qu'elle ne sait même pas qu'il existe.
Alvin, lui, n'avait jamais connu ces désagréments, d'abord parce qu'il n'avait jamais eu de difficultés sentimentales grâce à son mode de pensée, puis évidemment par la suite grâce à Ambrine.

Mais là, neuf heures sonnaient, le docteur n'allait pas tarder à arriver et toujours pas de nouvelles d'elle. Il appuya sur une touche de la télécommande pour changer de chaîne puis s'endormit en râlant contre son épouse et contre sa jambe.

4

C'était une belle église de style baroque datant du douzième siècle, elle devait mesurer pas loin de cinquante mètres de haut avec le clocher. Le cadran solaire portait l'inscription: « LUX FORTIUS QUAM UMBRA ». Si les réminiscences d'Ambrine étaient bonnes (elle avait fait du latin en première), cela signifiait *la lumière est plus forte que l'ombre.*
La luminosité de cette fin de journée apportait d'ailleurs à l'édifice un caractère plus que sacré. En se reflétant avec une essence sublime sur le clocher, les rayons du soleil éclairaient les pierres d'une teinte dorée. Un essaim de nuages était apparu brusquement et la course de ces derniers créait des ombres sur le parvis ; elles prenaient des motifs originaux et venaient ternir cette atmosphère quelque peu surnaturelle. Là Ambrine devinait une face de girafe avec un corps d'humain, ici une grenouille avec une cravate.

Elle n'avait plus remis les pieds dans une église depuis des années. Elle était baptisée, elle avait fait sa première communion, mais la dernière fois qu'elle devait être entrée dans un tel lieu, ce devait être pour un enterrement. Pour leur mariage avec Alvin, ils avaient choisi de le célébrer seulement à la mairie. Un soir, devant une émission de télé concernant ce sujet, l'homme avait demandé spontanément : « ça te dirait ?

– Mais oui trop ! Quand ? » avait répondu la femme.

Ce fut une demande et une acceptation sans fioritures. Après s'être accordés sur le calendrier, il y eut donc la cérémonie, le repas, la lune de miel et le voyage de noces. Le couple n'avait pas réfléchi outre mesure au sens du mariage, cela avait été surtout pour respecter l'ordre des choses. Ils avaient bien émis quelques hypothèses sur le pourquoi du comment. Une occasion de faire la fête pour certains, une union sacralisée et vénérable pour d'autres. Une étape souvent cousue de fil blanc. Un prétexte pour exorciser les solitudes. Mais est-ce qu'il en avait déjà été autrement pour d'autres par le passé ?

Avant de partir de la maison pour suivre le curé, elle avait envoyé un texto à sa mère pour la prévenir qu'elle partait se promener jusqu'à l'église du village voisin. Dans une armoire, elle avait attrapé son sac à dos à l'intérieur duquel il y avait toujours quelques habits de secours : un gilet beige, des paires de chaussettes, des sous-vêtements. Elle avait aussi quand même fourré une bombe lacrymo dedans car on ne savait jamais, avec tout ce qu'on pouvait lire dans les journaux. Dans l'entrée, en chaussant ses baskets de marche, elle s'était également munie de sa petite sacoche pendue au porte-manteau. Elle avait fermé à clé puis avait emboîté le pas de cet homme sans en comprendre les raisons. C'était comme si elle était téléguidée, mue par une force invisible, comme si son intuition avait pris seule la décision de la faire avancer. Le trajet avait duré à peine plus d'un quart d'heure à pied. Sur le chemin, elle avait aperçu des coquelicots sur le bord de la route et en avait cueilli une dizaine pour les mettre dans son sac. Elle avait toujours eu un faible pour ces fleurs. Après avoir demandé à plusieurs reprises au prêtre ce en quoi elle pouvait être utile, après avoir signalé qu'il fallait qu'elle ne rentre pas trop tard car elle avait un coup de fil important à passer et qu'elle serait ravie d'aider mais que ce serait sympa de lui dire pourquoi on avait besoin d'elle, le prêtre avait juste dit à chaque fois avec ses mains jointes quelque chose comme : « Ecoutez, faites-moi confiance, vous devez juste voir les choses par vous-même ». Elle l'avait donc suivi, désabusée, perdue dans ses pensées.

C'est en arrivant sous le porche qu'elle se rendit compte que cela faisait vraiment très longtemps qu'elle n'avait plus aucun lien avec la religion, à part pour éventuellement expliquer le principe de laïcité à ses élèves. Ils traversèrent les rangées de bancs jusqu'à atteindre le chœur là où le curé donnait son office, ensuite ils se dirigèrent en direction d'un premier escalier qui descendait vers une crypte sombre et sentant le renfermé. Puis de nouvelles marches les firent entrer plus bas encore, dans une galerie souterraine poussiéreuse éclairée à l'aide de bougies et de cierges. Le prêtre expliqua : « Cette galerie n'était pas prévue lors de l'édification. Elle n'est pas en adéquation avec le style architectural de l'église mais elle a été modelée avant la construction définitive. Il y a eu des remaniements par la suite, d'ailleurs si on emprunte ce tunnel là-bas, on pourrait en quelques minutes se retrouver au centre de la commune, tout près de la fontaine. Très peu de gens sont au courant de l'existence de ces souterrains. »

A chaque coin de la pièce, quatre statues en marbre d'un peu moins de deux mètres de hauteur se dressaient majestueusement. Un homme, habillé en rouge dont elle n'apercevait pas le visage, était présent au centre de la salle, visiblement très nerveux. Il la salua d'un mouvement de tête tout en faisant des signes de croix avec sa main droite.

N'était-elle pas tombée dans un guet-apens ? Etait-ce une entourloupe ? Elle se posa ces questions pendant un court instant. Tout cela avait un côté effrayant. Une ambiance tamisée, deux personnages, l'un habillé en noir et l'autre en rouge, n'était-ce pas le prélude à un rituel scabreux ou démoniaque ? Dans quel guêpier s'était-elle fourrée ? Pourtant le prêtre affichait toujours cette bonne figure affable et digne de confiance. Il désigna l'une des quatre statues et commença son explication :

« Vous voyez cette statue, Madame ? Celle au coin à gauche ? Elle représente la Sainte Vierge. Il est arrivé un événement remarquable la semaine dernière. Nous avons eu une infiltration au niveau des fondations, de l'eau a suinté sur les murs et s'est mise à couler sur le visage de la statue. Cette dernière n'a jamais été restaurée, elle n'a jamais subi aucun dommage. Elle date du quinzième siècle et a été sculptée par un artiste italien qui mourut dans des circonstances trouliés après avoir été persécuté et trahi par le pouvoir en place. Plusieurs photographies ont été prises avant qu'elle ne nous parvienne il y a une quarantaine d'années. On a donc pu comparer l'état de la statue avant et après. Lorsqu'elle a été livrée ici, il avait été dit qu'elle avait un fort pouvoir de protection mais on pourrait dire cela de toutes les idoles si on a un minimum de foi. Il est à noter que les trois autres sculptures ont été épargnées par l'eau, comme si le liquide n'avait voulu s'écouler qu'en un seul endroit. Nous avons pensé qu'il s'agissait de larmes divines et vous allez comprendre pourquoi. Maintenant, approchez-vous d'elle et observez attentivement son visage, que distinguez-vous ? »

Ambrine plissa des yeux. Elle ne discerna pas instantanément de quoi il pouvait s'agir mais au fur et à mesure qu'ils s'habituaient à la faible clarté, ses yeux s'écarquillaient. Incrédule, elle demanda tout bas : « Vous me faites une blague et moi je saute à pieds joints dedans, c'est ça ?

– Je comprends que cela puisse vous choquer. Moi-même, j'ai d'abord cru à une farce, l'Église est plus prudente qu'il n'y paraît avec les miracles ou ce qui s'y assimile. Le visage de la Sainte-Vierge s'est métamorphosé en quelques heures et il n'y a eu aucune intervention humaine. Voyez, (il sortit une photographie) même la forme des yeux et la structure du menton se sont modifiés. Un cardinal du Vatican, ce monsieur ici présent (il montra l'homme à la soutane rouge) est venu expressément pour constater

le phénomène. Ensuite, en se servant d'un logiciel spécial, il a scanné le visage et il y a eu une reconnaissance faciale fiable à cent pour cent. Oui, vous avez le sentiment de vous voir comme dans un miroir, n'est-ce pas ? Car ce visage, c'est le vôtre ! »
Syndrome de Stendhal, émotion incompréhensible, quelques larmes apparurent au coin des yeux de la jeune femme. Elle ne pouvait y croire et pourtant la réalité était bien là, en face : elle se reconnaissait parfaitement. Même la tâche de naissance sur sa joue apparaissait sur le visage de la statue.
« Chère Madame, si vous me permettez, reprit le prêtre avec un sourire crispé, tout d'abord c'est une aubaine que vous habitiez à quelques pas d'ici. Et rien ne vous oblige à présent, mais il nous a été dit que si vous vouliez en savoir plus sur ce prodige, ce miracle que rien n'égale depuis des décennies, vous pouvez dès ce soir partir pour Rome en avion privé. Là-bas, il vous sera révélé d'autres précisions. Moi-même n'étant pas au courant de tout. Seules quelques personnes sont informées, notre Président de la République, le Ministre des Armées, quelques cardinaux du Vatican et bien-sûr le Très-Saint Père. Sans vouloir vous mettre une trop forte pression, c'est une affaire prise très au sérieux. A vous seule, on peut dire que vous êtes un secret d'État, voire un secret d'envergure internationale. Qui sait, il est même possible que le destin du monde repose sur vos épaules. Vous conservez cependant votre libre-arbitre et c'est à vous de décider. Qu'en dites-vous ?

– C'est que, il y a mon mari qui est hospitalisé et il y a mon école, demain j'ai une réunion qui …
– Nous savons tout cela, mais réfléchissez bien, est-ce que cela ne fait pas partie d'un plan qui nous dépasse tous ? »

5

Alvin se sentait déjà un petit peu mieux ce mercredi. Le docteur aux yeux verts avait révisé son jugement. Il avait commis une erreur d'interprétation ou alors il y avait eu une inversion dans les radios, mais une opération sous anesthésie générale ou locale n'était plus nécessaire. « C'est en fait une simple entorse au niveau de la cheville haute qui entraîne des douleurs au tibia. » On lui avait posé un bandage et les anti-douleurs s'avéraient efficaces puisqu'il avait même pu faire ce matin-là quelques pas dans la chambre avec des béquilles. L'infirmière lui avait conseillé : « Essayez juste cinq minutes puis si vous voyez que ça commence à tirer, recouchez-vous. Le docteur passera vous voir en fin d'après-midi. Il aura sûrement d'autres médicaments à vous prescrire si ça ne va pas. » Il aurait préféré que ce soit Ambrine qui vienne le voir mais elle n'était pas dans les parages. Hier un peu avant dix heures, Lauriana, la belle-maman avait rappelé son gendre. Il fut rassuré à demi par ce qu'elle lui annonça :
«La secrétaire du cabinet du ministère de l'Education et de l'Enseignement m'a personnellement téléphoné presque tout de suite après notre coup de fil pour

m'informer qu'il n'y avait aucun problème avec Ambrine. » Elle avait même pu échanger quelques mots avec sa fille. Oui elle avait dû partir en catastrophe à une formation accélérée pour répondre à l'exigence de nouveaux programmes scolaires, c'était une mission qui était prévue de longue date et qui avait été avancée pour des commodités d'emploi du temps. Apparemment, la jeune femme s'était emmêlée les pinceaux dans son agenda et elle avait un souci avec son smartphone.

Alvin, lui-même, avait reçu un drôle de message vocal : « Monsieur Tominezzi bonjour, ici le Cabinet du ministère de l'Education et de l'Enseignement, votre femme est bien arrivée au centre de formation, elle a perdu son téléphone portable, elle sera rentrée d'ici trois ou quatre jours. Aucune inquiétude à avoir. Nous vous souhaitons un prompt rétablissement.» Il ne se souvenait plus du tout qu'Ambrine lui avait parlé de cette formation et demeurait donc très sceptique. Et le « aucune inquiétude » n'augurait selon lui rien de bon.

Après un repas peu calorique, il décida de réécrire un autre scénario.

(ébauche numéro deux)

L'action pourrait se dérouler dans une maison de campagne. Maisonnette aux volets bleus à un étage, pelouse bien entretenue. C'est un samedi après-midi. Crissement de pneus, un homme déboule en Nody dans l'allée et se gare n'importe comment.

La sonnette résonne de nombreuses fois, symbole d'un énervement grandissant. Un chien aboie dans le couloir. C'est l'aboiement d'un chien de petit gabarit, un caniche ou un bichon. Vince, grand gaillard blond un peu fluet, propriétaire, ouvre la porte. Sur le palier se tient son collègue et ami de longue date, Bastien, taille moyenne, cheveux courts, barbe de trois jours, l'air nerveux.

« Ah Bast', qu'est-ce que tu fais-là ? C'est cool de te voir, mais c'est à dire que j'étais pas mal occupé à bricoler dans l'atelier, à percer quelques trous… »

L'autre sur le palier semble ivre d'alcool et de colère. Le visage rougeaud, il pénètre dans l'entrée et lève le poing en direction de son ami. « C'est toi enfoiré, avoue-le, ordure, c'est toi qui te tapes ma femme ! » Il appelle d'une voix enivrée : « Apolline, sors, je sais que t'es là ! »

Vince a le visage des gens qui ne comprennent pas, il relève ses sourcils. Il porte juste un t-shirt et un short alors qu'il fait plutôt froid en cette fin mars. Cela pourrait paraître louche surtout pour bosser dans son atelier. « Enfin, vieux, qu'est-ce que tu racontes ? Ta femme elle est pas là, tu délires mon pote !

– Ouais c'est ça, alors pourquoi le GPS de sa voiture indique qu'elle est venue ici ? Elle a planqué sa caisse dans le garage c'est ça ? »

On entendrait quelqu'un descendre les escaliers et on devinerait une femme apparaître dans l'encadrement de la porte du couloir de l'entrée. Sa silhouette se dessinerait lentement, dévoilant un bustier noir et un short blanc puis un visage étonné.

« Non tu vois, je suis juste avec Lysa, ma compagne. Qu'est-ce qu'il t'arrive, t'es bourré ou quoi ?
– Je, je (Bastien, décontenancé). Mais bon sang, où est-elle alors ? Chez le voisin ? C'est ça ? Elle a dû vouloir tromper ma vigilance, elle sera venue ici puis aura débranché le GPS pour repartir chez cette enflure de voisin. » Soudain, on entendrait un bruit à l'étage, un verre qui se brise sur le carrelage et une voix féminine qui dit : « eh merde ». Ah, ça c'est une voix que Bastien reconnaît.

« Apo ! Descends, je t'ai entendue, je sais que t'es là pauvre conne. Tu te fous vraiment de ma gueule ! Ah c'est comme ça que tu vas faire des courses, hein ! Libertine ! Déjà le mois dernier avec le voisin, et il y a quinze jours, ces deux types dans le bar. Malsaine ! Et l'autre poète sportif qui t'écrit sa prose, tu crois que je suis pas au courant ! Ça suffit maintenant ! Tu restes avec moi juste pour le fric c'est ça ? J'en ai marre de t'entretenir, espèce de vénale, va !
– Ecoute, dirait un Vince tout à coup un peu moins sûr de lui. Oui elle est venue mais c'était juste parce que tu l'as effrayée ce matin, elle voulait du réconfort amical, juste parler, et puis cela fait seulement cinq minutes qu'elle est arrivée. C'est un malentendu donc ne t'énerve pas, calme toi ! »
Jappements du caniche. Coup de pied dans l'animal de la part d'un Bastien en furie qui se croirait dans un film comique et qui crierait de plus belle : « Mais qu'il se la ferme ton sale clébard et toi pauvre type t'y connais rien, au boulot t'es qu'un sous-fifre et là

tu oses me donner des ordres ! Apo, je vais venir te chercher par la peau des fesses ! »
L'autre répliquerait avec vigueur. Son toutou, d'accord il s'en remettrait mais il avait tout de même fait un joli petit vol plané. Les violences sur un animal, ça peut coûter cher.
« Non mais ça va pas, tu sors de chez moi, espèce de gros taré va ! Je vais te frapper si tu continues ou j'appelle les flics, je sais pas ce que tu t'imagines mais Apolline est vraiment une femme bien, tu ne la mérites même pas ! Elle était en pleurs en arrivant ici. Je sais pas ce que tu lui as fait, t'es un malade mental ! »

L'inspiration du scénariste se tarit. Que pouvait-il imaginer de plus ? Le mec retournerait à sa voiture pour chercher un fusil de chasse et tout cela finirait le lendemain dans la rubrique fait divers d'un journal. Tout cela lui parut une accumulation de clichés. Il ne savait pas si c'était à cause de ces saletés de tranquillisants que lui avait refilés l'infirmière mais il ne parvenait plus à formaliser ses pensées. Las, il allait s'endormir. Sa première ébauche, bien que ratée également, lui semblait nettement meilleure que celle-ci. Il prit son stylo et le serra fort avec le poing puis raya tout ce qu'il venait d'écrire.
Puis ses rêves se matérialisèrent, représentant en son esprit empli de brouillard la femme qu'il aimait.

6

« Ne vous inquiétez pas, on s'occupe de tout, on vous fera un arrêt maladie pour toute la semaine, ou bien on inventera un alibi béton, une histoire solide, que ce soit pour votre école ou pour votre famille », le prêtre tenta d'apaiser les craintes d'Ambrine alors qu'ils montaient dans l'avion, « j'ai été autorisé à venir avec vous, on a pensé que vous seriez plus en confiance. On a exigé toutefois que je vous confisque votre téléphone par sécurité. Car voyez-vous, s'il y a des hommes bons sur cette Terre, et nous espérons en faire partie, il y a forcément des gens malsains qui pourraient en ce moment même vous rechercher pour d'obscurs desseins. Cette technologie pourrait être une porte d'entrée pour vous suivre à la trace.» Ambrine ne protesta pas, elle tendit l'objet que le curé éteignit derechef, puis elle s'installa dans le jet, impatiente d'en savoir plus sur son sort. On l'avait prévenue que le vol durerait à peine une heure. L'homme habillé en rouge était assis près d'elle, toujours à faire des signes de croix sans avoir prononcé la moindre parole.

Posée sur son siège, elle se mit à songer à Alvin qu'elle n'avait toujours ni appelé ni revu. Etait-ce une si bonne idée que d'obéir à son instinct sous le prétexte d'un visage de statue qui lui ressemblait comme deux gouttes d'eau ? Certes, tout cela était troublant mais n'était-elle pas en train de faire fausse route en laissant son amour seul et mal en point, en ne prévenant personne de sa famille ? Elle pensa qu'on allait la rechercher, que des personnes qu'elle aimait allaient se faire du mauvais sang et pleurer. Elle-même affichait une moue préoccupée tout en se rongeant les ongles. Le curé s'en aperçut et, toujours dans cette optique de la mettre à l'aise, réaffirma : « Si vous vous faites du mouron pour votre mari ou pour votre famille que vous n'avez pas pu contacter, sachez que les autorités compétentes se chargeront de rassurer toutes les personnes de votre entourage demain dans la matinée. Vous pourrez même parler quelques minutes à votre mère via une ligne sécurisée.»

A moitié soulagée, elle soupira. Elle n'était qu'une jeune femme dans la petite trentaine et voilà qu'on lui annonçait d'un seul coup qu'il y avait un mystère en elle. Elle qui n'avait jamais souhaité qu'une vie normale et tranquille.

Les yeux immobiles absorbés par le vide céleste, noir comme le vol d'un milliard de corbeaux, elle se remémora ses premières années de couple avec Alvin. Elle était en faculté de droit et habitait encore chez ses parents. Certains soirs, son homme passait la chercher en voiture, une petite citadine. Ils allaient manger un truc vite fait, genre burger, kebab ou tacos, avec des frites de préférence ; puis, s'il faisait beau ils prenaient l'air sur les sentiers près des hauteurs d' où avait décollé l'avion ; en revanche s'il faisait trop froid et que la neige recouvrait les routes, ils restaient à l'intérieur du véhicule, se réchauffaient mutuellement, contemplaient le ciel étoilé et les vallées enneigées. Une fois par semaine, ils allaient au cinéma et ensuite elle dormait chez lui mais alors le lendemain c'était la course, et elle était souvent bien trop fatiguée la journée alors elle piquait du nez en plein cours. Lorsqu'elle obtint sa maîtrise et qu'elle trouva un premier emploi dans un office notarial, ils louèrent un grand appartement au centre-ville. Alvin était déjà dans la vie active depuis plusieurs années. Ils vécurent quatre ans dans cet appart qu'ils avaient décoré avec goût et dans lequel ils passèrent des soirées mémorables. A cette date, l'état des lieux de leur amour mentionnait plus de joies que de peines, c'était ce qui les avait poussés à franchir le cap de la propriété.

Ses pensées allaient et venaient, s'échouant calmement telles des vagues lentes sur la plage cotonneuse de son cerveau.

La jalousie. Au commencement, encore jeune, elle avait été très jalouse. Elle se rappelait très bien faire des tours de ville pour voir si la voiture de son mec était garée quelque part. Si elle était stationnée à tel endroit, elle en déduisait tout un tas de conclusions hâtives. Il pouvait être soit avec un ami soit avec une autre femme. Il n'y avait pas vraiment de logique.

Elle avait eu d'autres lubies. Si une autre femme regardait trop longuement Alvin c'est qu'elle avait déjà eu une aventure avec lui et elle voulait secrètement arracher les yeux de cette chienne (terme qu'elle employait régulièrement). Si Alvin cliquait sur internet « pouce » ou « cœur » sous une photo d'une femme, ou bien même sur un simple commentaire, c'était qu'il avait l'intention de coucher avec cette femme, ou pire c'était qu'il l'avait déjà fait. Elle guettait le moindre écrit, traquait le moindre geste suspect, cherchait la petite bête. Un chien morfale à l'affût de l'ouverture de la porte du frigo. Puis elle s'inventait des choses qui n'avaient jamais eu lieu hormis dans sa fantaisie. A force de fouiner, elle finirait par tomber sur quelque chose, c'était ce qu'elle se répétait dans ses moments de jalousie. Pisteuse de réseaux pendant de longs mois, elle n'avait rien trouvé à reprocher à Alvin. Alors elle était passée un cran au-dessus, elle avait installé un logiciel espion sur le téléphone de son compagnon. Ainsi, elle avait accès en temps réel aux messages et aux appels émis et reçus. Elle avait pensé encore à d'autres stratagèmes farfelus, du genre lui faire porter un micro en permanence, ou bien, si cela avait été possible, elle aurait même souhaité lire ses messages avant qu'il ne les écrive. En fait, elle se rendit compte assez vite d'elle-même qu'elle était allée trop loin. Lors d'une soirée avec des amis, sous un faux prétexte, elle prit le téléphone d'Alvin, le fit tomber par terre, en mettant exprès assez de force pour que l'écran se fissure et qu'il devienne inutilisable. « Ah je suis vraiment désolée, il m'a échappé, j'ai pas l'habitude de boire » avait été son excuse bidon.

Il changea de mobile et la jalousie s'estompa peu à peu, comme par enchantement. Elle ne recommença plus et dut faire des concessions avec elle-même. Encore maintenant elle ne comprenait pas de quoi elle avait bien pu avoir peur ? Pourquoi chercher des preuves d'infidélité au bout de si peu de temps ? Qu'est-ce que cela cachait ? Voulait-elle saccager sa relation ? Elle n'était pas parvenue à trouver un réponse satisfaisante. Sûrement la crainte de se faire prendre pour une idiote, et elle le redoutait encore parfois. Mais le monde ne cesserait pas pour autant de tourner, elle devait cesser de se tourmenter. Etrangement, quelques semaines après, Alvin fit tomber son portable à elle alors qu'ils roulaient en voiture. L'objet avait fait son temps, elle n'avait plus qu'à en acheter un autre. Elle suspecta Alvin d'avoir eu recours au même procédé, au même logiciel, mais jamais elle n'osa lui en parler. A cet instant, elle pensait fortement à son homme à l'hôpital, en se disant que comme elle n'avait pas pu le contacter et qu'elle s'évanouissait dans la nature, il allait obligatoirement se poser trente-six mille questions. Que peut-être elle était partie avec quelqu'un d'autre, ce qui en l'occurrence était un peu vrai. Tandis qu'elle s'assoupissait, le petit jet atterrit.

    L'accueil lui parut pour le moins indigne d'une divinité, si toutefois elle en était bien une. C'était en tout cas ce qu'elle avait cru quand le curé avait parlé de larmes divines. On ne lui déroula aucun tapis rouge, on ne lui distribua aucun cocktail de bienvenue. Même lorsqu'elle était partie en séjour au

Portugal avec des amis, on lui avait accordé plus d'attention et de sourires. Ici, on la pressa très humblement de sortir, puis, avec le prêtre habillé en noir et le cardinal en rouge, elle grimpa dans un taxi. Quelques kilomètres défilèrent avant de gagner le Palais du Vatican. Les rares personnes qu'elle croisa en ce lieu semblaient la regarder avec une expression de déférence.

Il y avait encore des places libres dans cette énorme résidence composée de plus de mille pièces et on plaça la jeune femme dans une chambre exiguë avec un lit au matelas très dur. Là encore, elle pensa que c'était se moquer du monde. Elle eut un mal fou à trouver le sommeil et la nuit fut très courte avant qu'on ne la réveillât pour lui servir un petit-déjeuner peu consistant. « Génial », elle grommela devant un quignon de pain dur tartiné de miel agrémenté d'un verre d'eau. Elle put ensuite faire sa toilette puis passer un coup de fil à sa mère. Elle fut enfin conduite par ses deux accompagnateurs, le prêtre et le cardinal, au premier étage, dans une chapelle immense décorée de fresques murales sublimes et surmontée d'une voûte à l'aspect surprenant. Tout, en ce lieu, habituellement interdit au public, était un appel au recueillement et à la sérénité. Le vieil homme à la soutane rouge, qui n'avait rien dit jusqu'alors, qui n'avait rien fait d'autre que ses signes de croix, lui parla pour la première fois dans un français impeccable voilé toutefois d'un délicat accent italien :

« Chère Madame, je suis très ému de pouvoir enfin vous parler. Je n'ai pas osé le faire avant d'être arrivé dans cette salle. Je suis le cardinal Cesare. Tout d'abord, pouvez-vous répondre à cette question : croyez-vous en Dieu ?
– C'est que, bredouilla-t-elle, je ne suis pas sûre du tout, au fil des années je dirais que je suis devenue agnostique.
– Voyez-vous, nous nous en doutions. Il n'y avait pas de piège dans cette question. C'était juste à titre informatif. Savez-vous que la religion chrétienne est l'une des plus vieilles religions au monde ? Nous reconnaissons bien-sûr la plupart des autres religions et d'ailleurs il faudrait que je vous instruise sur ces sujets si nous avions plus de temps. Bon, venons-en aux faits même si c'est difficile de commencer sans éluder certains éléments importants. Je dois pourtant bien débuter quelque part. Nous avons fait de nombreuses recherches pour comprendre ce qui a amené la métamorphose du visage de la statue. Avant tout, il y a bien-sûr cet artiste italien qui a sculpté la statue et qui pourrait être une clé de l'énigme, mais nous n'avons rien trouvé de concret ou de probant. Nous nous sommes documentés sur votre généalogie, votre nom de jeune fille, là encore, rien. Nous nous sommes ensuite renseignés sur votre lieu de vie et il faut savoir qu'à l'endroit même où vous résidez actuellement, vivaient autrefois, jadis, à la fin du quinzième siècle, un forgeron et sa femme. Ils s'enrichissaient peut-être trop au goût de certains ou alors il y eut une querelle de voisinage ou quelque

chose d'autre, mais des accusations de sorcellerie furent portées à l'encontre de la pauvre femme. On la disait capable de rendre malades des personnes avec des incantations, d'abîmer les récoltes en crachant par terre ou en faisant se lever des tempêtes. Des accusations évidemment infondées et injustifiées, mais il faut se remettre dans le contexte de l'époque. Il y eut un procès sommaire, la femme fut soumise à des épreuves, des ordalies qui ont été condamnées par l'Église. La présumée coupable fut sommée de démontrer son innocence en subissant des sévices et en n'éprouvant aucune souffrance. Bien-sûr, tout était joué d'avance. Par exemple, on lui piqua le doigt avec une aiguille et comme elle saigna, les gens jugèrent qu'elle était possédée par le démon. On lui laissa une seconde chance : on lui ordonna de traverser un bûcher sur lequel reposaient des braises encore vives, et comme elle se brûla, les gens la déclarèrent coupable de magie noire. Elle fut torturée, martyrisée à de maintes reprises par des païens, par des mauvaises personnes qui devaient être, elles, réellement possédées par le diable, et tout cela devant son mari impuissant. Puis, elle fut décapitée et son corps calciné. C'est un récit affreux mais je vous le décris tel qu'il a été relaté. Cette fausse sorcière a été réhabilitée l'an dernier, c'est à dire qu'il a été reconnu que cette femme n'a jamais commis aucun acte de diablerie, elle avait même toujours vécu une vie assez pieuse. Sans vouloir entrer dans le domaine de l'animisme qui ne nous concerne pas tout à fait, il serait pourtant possible qu'il y ait un lien de cause à effet. »

L'homme se racla la gorge et articula d'une voix un peu plus forte, comme pour convaincre :
« Vous connaissez, je pense, les grands principes de notre religion. Nous croyons à la résurrection, à la rédemption, à l'âme. Je ne vais pas non plus vous faire un cours de catéchisme mais nous croyons aussi aux miracles : la guérison subite de maladies graves, des tumeurs qui se résorbent alors que l'intervention de l'Homme était restée inefficace, la prière qui soulage les blessures et arrête les hémorragies, le soin par la pensée à distance. J'en passe mais, oui, nous avons déjà pu constater de nombreux miracles par le passé. Le fait que cette statue se soit transformée pour prendre la forme exacte de votre visage est selon nous déjà miraculeux et cela nous a conduits à nous interroger encore plus en profondeur. Nous avons épluché des centaines d'ouvrages dans nos bibliothèques. Nous avons étudié des journées et des nuits entières depuis une semaine. Une prophétie en particulier, ou ce qui semble en être une, a attiré notre attention. Si la transcription est juste, il était écrit : "lorsqu'une pierre pleurera, si une femme est reconnue par le monde et qu'elle le reconnaît en retour, alors les nations seront sauvées." La véritable interprétation de cette phrase nous échappe, même si nous avons une petite idée de ce que vous seriez capable de faire si vous étiez cette femme. Avant de vous présenter à quelqu'un de très important, je souhaiterais procéder à un test. Acceptez-vous ?

– En quoi consiste ce test ? Une interrogation écrite ? Une dictée ? »

Malgré la solennité du lieu et du discours, Ambrine n'avait pas perdu son sens de l'humour. Mais l'homme ne fit qu'esquisser un quart de sourire puis il fit apparaître un coffret en marbre et en sortit un objet enveloppé dans du tissu.

« Non, si vous le permettez, je voudrais juste que vous ajustiez ce casque sur votre tête pendant un instant. Il s'agit d'une relique qui a appartenu à un saint homme il y a de cela deux millénaires. Cette relique n'est connue que par un nombre restreint de personnes ici au Vatican. Il n'y aura pas de son, pas d'image qui apparaîtront véritablement, mais notre Souverain Pontife a lui-même décrit ce qu'il a vu et entendu. Seules les personnes très saintes peuvent percevoir un message. Beaucoup d'entre nous ont essayé, y compris moi-même, de le porter mais sans aucun résultat. Si vous ne ressentez rien, nous vous reconduirons chez vous, c'est que vous n'êtes pas celle que nous recherchions, mais si vous voyez quelque chose, alors... »

Ambrine saisit le casque entre ses doigts. Il n'avait pas l'allure d'un casque audio mais plutôt d'un élégant serre-tête en bronze. Elle le soupesa, il était léger. Une sensation de porter de l'air. Elle le plaqua sur ses cheveux. Elle ne perçut rien sur le coup et faillit ôter ce truc vissé sur sa tête, cela semblait tout bonnement ridicule. Pourtant au bout de quelques secondes à peine, ses iris se noyèrent dans quelques prémices de larmes.

D'abord, étoile minuscule arborant deux prunelles argentées, elle entrevit la création de l'univers. Elle assista à l'assemblage des planètes, des galaxies, des soleils et des lunes. Comètes, météores puis d'autres étoiles apparaissaient autour d'elle. Elle assimila ce monde comme un jeune enfant comprend le principe de l'addition. L'étoile grossit et observa d'en haut, comme dans une loupe, la lente évolution de la Terre : l'eau, la roche, le feu et l'air, la formation des continents, la désintégration, la fusion, l'érosion, le mouvement et la stagnation. Elle-même devenue planète, elle se transforma en fleur au bord d'une eau limpide, elle fut témoin de l' éclosion des végétaux et des êtres, des bactéries, des cellules, des poissons, des reptiles, des singes, puis des hommes. Enfin, elle se mua en petite fille et, du sommet d'une montagne élevée, elle vit les êtres vivre et mourir, l'amour, la guerre, les religions, les peuples, les langues, la sagesse et la bêtise.

Prise de panique, elle retira la relique. Toute sa vision n'avait duré qu'une minute à peine. Devant l'émotion palpable de la jeune femme, le cardinal déclara tout en se signant : « C'est elle ! »

Ambrine était blême et tremblait.

« Votre petit-déj, vous êtes sûr que vous avez pas mis quelque chose dedans ? Parce que… je me sens vraiment toute bizarre là ! »

De nouveau, il fallait franchir d'autres escaliers gigantesques du Palais apostolique. Ils gagnèrent un ascenseur cylindrique pour monter au dernier étage. Bien qu'encore un peu choquée, Ambrine avançait avec assurance. Quelques pas encore, puis l'homme en rouge annonça :

« Nous voici arrivés devant sa chambre. Il est très malade, vous savez, il a de grandes difficultés à respirer et il s'alimente mal ». La porte s'entrouvrit doucement, un vieil homme était alité dans un grand lit. « S'il vous plaît, approchez-vous de lui et prenez lui la main » enjoignit le cardinal.

Ambrine s'exécuta, machinalement. Elle posa ses mains sur la main droite du vieillard au teint livide. Ce vieil homme, qu'elle reconnaissait à présent, devait être à l'agonie. Pourtant au contact des mains, il recouvrit instantanément des couleurs et regarda la jeune femme avec un Amour infini dans le regard. Il dit dans un éclat de rire mélangé à des larmes : « Merci Très-Sainte Femme, merci ! »

Ambrine avait redonné le sourire au Pape !

7

(*ébauche numéro trois*)
Chalet isolé à la campagne, à l'écart de la ville et d'autres habitations. Un ami riche a proposé à un de ses amis qui n'a pas beaucoup d'argent de passer ses vacances dans ce lieu en compagnie de la femme qu'il aime. En contrepartie, ils doivent nourrir des poissons particuliers, des poissons exotiques de toutes les couleurs qui ont besoin d'un régime particulier.
Vue sur le lac, paysage idyllique, cadre bucolique, temps merveilleux. Vincent et Apolline sont en vacances. L'homme assez maigre cheveux châtains et lunettes dans un style assez commun, la femme grande fausse blonde lèvres pulpeuses maquillées outrageusement dents très blanches dans le genre mannequin de mode. Trentaine d'années pour les deux.
Apo :
« Quand même ce Bastien, quel grand prince, il nous invite à passer deux semaines ici pour quasiment rien !
– Ouais, c'est sympa, mais on doit quand même faire gaffe à ce que ses poiscailles ne crèvent pas de faim.

– Ben ça va, ça a pas l'air trop dur quand même. Oh quel rabat-joie, regarde le luxe, il y a même Netclix ! Et la salle de bains, grandiose, trop bien, il y a des jets massants dans la douche, et là, tu as vu, (extatique) non mais on rêve, il y a un spa ! »

Ils déballeraient leurs affaires tranquillement et la première journée se passerait à merveille. On pourrait même les entrevoir, eux ou leurs ombres, dans des poses suggestives. Cela se gâterait le deuxième jour. Vince ne ferait absolument rien d'autre que bosser sur son ordinateur portable, oubliant complètement le repos et la détente.

Ça commencerait sérieusement à ennuyer Apo qui irait se promener seule sur les bords du lac. Elle discuterait avec quelques personnes, elle rentrerait un peu tard, ça énerverait Vince.

« C'est à cette heure-là que tu rentres, tu foutais quoi ?

– Je suis allée prendre un peu le soleil. J'ai rencontré des gens, c'était sympa.

– Ok, moi j'ai bossé comme un âne toute l'après-midi pour rattraper les bêtises de l'autre andouille au boulot. Merci de demander.

– Oh arrête, tu me saoules. Franchement, décroche un peu ! T'es en congé ! On est là pour déstresser, décompresser !

– Ouais c'est facile mais si je fais pas le boulot, qui le fera ?

– Mais enfin, chéri, ton droit à la déconnexion…

– Foutaises tout ça. De toute façon, je me demande bien ce que tu fais avec un loser comme moi. Tiens,

pourquoi tu te mets pas avec ce Bastien, puisque c'est un grand prince ?
– Rohh, mais t'es sonné ou quoi ? J'ai dit ça comme ça hier. Si les choses s'étaient passées autrement il y a plusieurs années, oui peut-être que je ne serais pas avec toi aujourd'hui, mais les choses sont ce qu'elles sont. Et moi tu me plais comme tu es !
– C'est à dire, va au bout de ta pensée, quelles choses se seraient donc passées autrement ? Tu connaissais Bastien avant moi c'est ça ?
– Mais enfin, Vinou, Doudou, Chouchou (voix qui part dans les aigus sur les dernières syllabes en "ou") qu'est-ce que tu racontes ? Pas du tout ! Et pourquoi tu voudrais remuer le passé ? Ça sent l'alcool. Tu as bu ou quoi, et tu m'as même pas attendue ?»
Elle remarquerait sur la table basse du salon quelques cadavres de canettes de bière et une bouteille de rosé vide posée sur la moquette. Elle savait comment il pouvait être quand il avait un peu picolé, elle se méfierait. Le gars s'exciterait.
« Ouais j'ai bu et alors ? Tu revenais pas et j'avais soif. Tiens je vais prendre une douche, t'as qu'à préparer à manger pendant ce temps-là, si tu veux bien te rendre un peu utile. »
Sous la douche, il penserait à cette femme qu'il fréquente depuis deux ans. Pourquoi restait-elle avec lui ? La méritait-il ? Il avait un salaire misérable et un sale caractère. Et ce Bastien, ce grand seigneur, leur prêter ce chalet, c'était sûrement qu'il avait une idée derrière la tête. Même pas demander d'argent. Vince serait persuadé depuis le début que Bastien et

Apo se connaissaient déjà bien avant qu'ils ne se rencontrent et qu'il y avait une vérité qu'on voulait lui cacher dans un but malsain. C'était forcément pour avoir le dessus sur lui à un moment ou à un autre. Il serait très axé sur cette notion de vérité. Pas dans le genre nietzschéen mais plus basique, comme celle dont parle Garance dans le film *Les enfants du paradis*. Dans son esprit torturé, ils avaient déjà dû avoir une relation plus qu'amicale, une liaison. Il penserait que cela n'était pas si illogique. De toute façon Apolline connaissait tout le monde dans leur quartier et même dans toute leur grande ville, et Vince pas grand monde. Il s'imaginait vite tout et n'importe quoi. « Ah et puis même, qu'est-ce que cela peut me faire ? » dirait-il à haute voix. Ses pensées lui feraient taper ses mains sur sa tête. Etait-ce de la paranoïa ? Son oncle l'avait prévenu : il y a déjà eu des cas dans la famille mais ça saute une génération. Et que lui disait son autre oncle à propos des gens riches ? Ce sont des personnes qui ont une forte propension au vice, plus que les gens pauvres, car les riches sont moins fatigués alors ils ont le temps de penser à des choses vicieuses. Pour Vince, tout était clair. Bastien était riche, Vincent était pauvre. Bastien était du côté du mal et Vincent du bien. Vince serait très manichéen. Peut-être qu'il croirait en des tas de choses ineptes qu'il faudrait exploiter plus en profondeur.

Il sortirait de la salle de bain. Il verrait Apolline, assise sur le canapé, un sourire au coin des lèvres devant son écran de téléphone. Il arriverait sans un

bruit derrière elle et verrait qu'elle est en train d'écrire à Bastien, le prince.
« Alors, t'écris à qui ? il lancerait d'un ton détaché.
– Mais tu m'emmerdes, Vinou, j'écris à qui je veux ! elle répliquerait. Et d'abord qu'est-ce tu regardes mon portable déjà, petit espion ? »
Lui, ton indigné, alcool aidant : « C'est ça, tu crois que j'ai pas vu ! Tu me prends vraiment pour un imbécile !
– J'ai rien à me reprocher, tu comprends tout de travers. Tout baigne, j'écrivais à Bastien que l'endroit était juste magnifique et que les poissons se portaient bien, je le remerciais car j'imagine que tu ne l'as même pas fait. Écoute, si tu ne me fais pas confiance, je me barre tout de suite (en colère avec des yeux rougis). Alors tu me fais confiance ou merde ?
– Désolé mais en ce moment t'es toujours là à minauder, à mettre des photos de toi sur tes réseaux. Qu'est-ce tu veux que je te dise ? Que ça me plaît de voir tous ces types te tourner autour ?
– Oh là là, tu te fais une montagne d'un rien ! T'es secoué, hein ? Si t'aimes pas les réseaux c'est ton problème, moi j'ai besoin de me sociabiliser ! Et si je plaisais à personne, est-ce que je te plairais à toi ? Franchement, j'ai l'impression des fois de n'être qu'un cul ou une paire de nichons pour toi. Tu me crois pas capable d'introspection ou ça se passe comment ?
– J'ai pas dit ça, mais t'es toujours tactile avec n'importe qui aussi… »

La femme serait toujours en train de tapoter sur son smartphone et semblerait à deux doigts de se barrer, d'appeler un chauffeur et au revoir les vacances pourries. Elle ajouterait :

« Ecoute, si tu te fais des scénarios, moi je me tire. Je préfère prendre mes cliques que tes claques ! Je sais pas, tu pourrais pas être un peu plus comme ton frère, Il se prend pas la tête, il est énorme, lui. Sois cool quoi ! Je m'en fous que t'aies pas de fric, mais niveau personnalité, tu pourrais quand même faire un effort ! Oui prends donc exemple sur ton frère, à plusieurs niveaux…» Apolline a peut-être sorti la phrase de trop ou le gars a mal compris, il affiche à présent un regard dément. Elle s'approche de la porte comme pour aller prendre l'air ou fumer sa cigarette électronique. Lui se met en travers de son chemin. Furieux. « Non tu restes ici ! Qu'est-ce que c'est que cette histoire avec mon frère ?! Il en a une énorme ? Allez dis-moi la vérité, arrête donc un peu de mentir ! Tu le connaissais aussi et vous ne vouliez pas que je le sache. Tu veux te faire brancher par tous les gars que tu croises c'est ça ?! »

Elle s'enfermerait dans les toilettes, et lui il gueulerait, yeux exorbités : « Apo ! Apo » (et non pas « Wendy » comme dans l'hôtel luxueux de *Shining* avec la chaudière à contrôler, ici d'ailleurs ce serait les poissons à surveiller). Il irait chercher un outil dans l'abri de jardin pour défoncer cette saloperie de porte. Une masse (et non une hache). Plusieurs coups sur le cadre en bois massif qui commencerait à être

défoncé. « Rien à branler, on lui a pas payé de caution au prince ! »
Apolline, terrifiée : « Mais t'es barjot ou quoi ? Qu'est-ce que je t'ai fait ? Au secours ! Je te préviens, j'appelle la police ! » Mais elle aurait laissé le téléphone dans le salon.
Coup de masse sur l'aquarium qui vole en éclats ! Les poissons multicolores, éparpillés sur la moquette et à court d'oxygène, rajouteraient une touche tragique à cette scène de ménage improbable. « Apo, c'est bon, sors, on dirait qu'on va pouvoir faire une bonne friture » rigolerait Vince totalement azimuté.

Tentant de répondre au mieux à l'appel à projet, Alvin avait écrit tout ça d'un trait en quelques minutes, rappelant à sa mémoire des vacances avec Ambrine dans un chalet près du lac Léman. D'excellentes vacances au cours desquelles ils avaient tellement ri qu'ils s'étaient juré d'y retourner un jour. Ils ne l'avaient pas encore fait.
Il rêvassait. En Apolline, il aurait bien vu une Laura Sidou ou une Armelle Bejar jeune.
Il tentait de se mettre à la place de quelqu'un de jaloux mais n'y parvenait pas réellement, lui-même ne l'avait jamais été à aucun moment de sa vie.
Oui, il avait bien eu quelques pointes d'agacement quand elle lui avait révélé qu'un de ses potes du foot qu'il pensait irréprochable la dragouillait lourdement en lui envoyant des textos tard le soir du genre « Bonsoir la miss, quoi de beau ? Je t'embrasse ».

Oui, il s'était déjà dit un jour que peut-être elle le laisserait pour quelqu'un d'autre de plus jeune, de plus beau ou de plus riche.

Oui, il aurait bien aimé savoir avec qui elle avait pu être avant de le rencontrer, pour pouvoir se comparer, et il s'était imaginé des tas de choses saugrenues. Dans le fond, il s'en fichait, il ne l'avait jamais questionnée à ce sujet. Et puis elle aurait bien pu lui dire n'importe quoi. C'était le passé.

Il avait arrêté de se faire des nœuds dans le cerveau assez rapidement. Si Ambrine l'aimait alors Ambrine restait. Il s'en tenait à cette équation. De toute façon, il avait foi en cette femme comme si elle était devenue sa propre religion. Et la plupart du temps elle lui avouait quand d'autres types la draguaient.

Elle avait d'ailleurs le chic pour attirer des tarés et des barges qui devaient juste voir en elle un objet de désir malsain ou une confidente contrainte. De temps à autre, elle lui demandait s'il voulait lire ce qu'ils lui écrivaient. Certains lui barbouillaient des tas de messages alors qu'elle ne les connaissait ni d'Eve ni d'Adam. Il y avait par exemple l'anecdote de ce dingue qu'elle avait rencontré deux ou trois fois lors de quelques soirées puis lors d'un concert. Ce gars s'était débrouillé pour se procurer son numéro et son adresse mail d'une manière détournée. Elle ne lui avait jamais donné, aussi ce n'était pas correct de la part de cet homme. Il aurait dû s'excuser platement et arrêter ses conneries. Non au lieu de cela, il lui avait envoyé des dizaines de mails longs comme des romans, tous plus fous les uns que les autres. Dans

son répertoire, elle avait renommé ce cinglé en « Oh Non Pas Lui ». C'était une plaie, une mouche qui revient sans cesse se poser sur la peau alors qu'on l'a déjà chassée de nombreuses fois.
Dès qu'elle voyait ce nom apparaître sur l'écran, à l'instar d'une publicité gênante, elle affichait une moue de dégoût et elle supprimait le message sans le lire. Elle avait déjà tenté, c'était toujours pareil, il lui racontait sa vie qui semblait très peu palpitante (il la prenait pour sa psychologue ou ?) et il lui affirmait comment il l'admirait et comment il avait vu en elle la Beauté absolue et vénérable. Un soir, Alvin exigea qu'elle ne supprime plus pour pouvoir lire quelques uns de ses nouveaux messages.

« Chère Ambrine, je t'ai vue en train de rayonner tel un soleil au supermarché au rayon pâtisserie. Tu as été la cerise sur le gâteau de ma journée. Il faut dire que tout est bien monotone pour moi actuellement. J'ai compris depuis le début que tu es bien trop jolie pour quelqu'un comme moi mais je ne peux m'empêcher de penser à toi. Cela doit te faire une belle jambe, même si tes jambes sont déjà bien belles, etc »
Cela continuait ainsi sur de nombreux paragraphes…
C'était bizarre, est-ce qu'il la suivait ? Ambrine disait que non et qu'elle ne l'avait vu que très peu de fois. De temps en temps, il y avait des beaux mots qu'Alvin aurait aimé piquer pour des scénarios. Mais il maudissait cet homme pour avoir osé les écrire à sa femme. De ce fait, il avait été un brin jaloux. Parfois,

cet homme débile utilisait le vouvoiement sans raison apparente : « *Vous êtes un ange à la robe de glace. Votre froideur pourrait geler mon cœur. Si toutefois un jour vous pouviez m'aimer comme il le fallait. Je serais tellement heureux ; à vos côtés, je pourrais réaliser de grandes choses, je deviendrais tsar, empereur ! Ah je sais bien que c'est trop tard, que je ne pourrai jamais devenir votre chou. Je pensais que nous avions un destin commun (…) Pardonnez-moi tous ces écrits, etc* »

Une fois, un peu en colère, il avait posé la question à Ambrine : « Pourquoi tu ne le bloques pas purement et simplement cet abruti ?
– Tout bonnement car ça lui passera tout seul, avait-elle dit en haussant les épaules. Un jour il regrettera sans doute de m'avoir écrit et d'avoir perdu autant de temps. Moi je ne lui écrirai jamais, ce sera sa leçon ou sa punition. Il n'aura jamais aucun signe de ma part. Je les ignore ces gars-là.
– Mais qu'est-ce qu'il te veut enfin ? Si tu le laisses t'écrire, c'est que tu l'aimes bien ?
– Non pas du tout. Je ne peux pas aimer ce genre de personne. Il est gênant. Je lui ai dit que j'étais mariée et il n'a pas dû me croire. Donc, non, ne t'en fais pas et en plus je ne comprends pas ce qu'il veut ! Rien sans doute, il se contredit tout le temps. Oui, il m'évite plus qu'il ne cherche à me voir. D'ailleurs, il ne m'a presque jamais parlé mis à part à l'écrit. Une amie à moi qui le connaissait m'avait déjà prévenue que c'était une sorte d'autiste. Il a peut-être besoin de

s'épancher, de palabrer, et il doit être heureux d'avoir l'impression que quelqu'un lise ses idioties. Ce n'est pas un homme méchant, je l'ai décelé tout de suite. Au début, j'avais essayé de lire quelques passages. Il a l'air juste d'être triste et solitaire, un pauvre bougre qui a dû faire un mauvais rêve auquel il s'est accroché. Seulement, il a du mal à comprendre. »
Magnanime pendant quelques mois, elle avait pourtant décidé un jour de l'envoyer paître. Cependant, l'autre avait continué de lui écrire. Il semblait avoir nourri une véritable obsession et s'être créé un objet limérent. Au bout d'une centaine de messages et de quatre années, quand même, il finit par la laisser enfin tranquille, ou du moins, il ne manifestait aucune preuve de vie. Les phrases de cet halluciné devaient rester éternellement lettres mortes se perdant dans les abîmes du cosmos numérique.

Mais déjà avant, et sûrement encore maintenant, il y en avait eu plusieurs comme ce type, un peu du même acabit. Certains lui dessinaient un portrait, d'autres lui composaient des chansons, d'autres encore proposaient de lui rendre des services. Même des femmes lui faisaient la cour. Où qu'elle allât, les gens voulaient tous garder son contact en ne pouvant s'empêcher de s'enticher d'elle. Et tous se mettaient à lui dépeindre leur vie à un moment donné. Alvin se demandait souvent si le monde regorgeait de personnes si désespérées et seules qu'elles étaient prêtes à passer autant de temps à relater leur existence sur des écrans à d'autres personnes qu'elles ne connaissaient pas. Tous ces gens n'auraient-ils pas mieux fait de se lancer comme lui dans l'écriture de scénarios ?

Bref, Alvin ne s'était jamais inquiété de ces hordes de personnes qui couraient après sa femme. Il était conscient que si, pour lui, elle était la plus belle au monde, alors d'autres pouvaient penser la même chose. Ils pouvaient toujours tester. Pour eux, elle resterait toujours un jeu dont ils ne seraient pas les héros.

Pour autant, il repensa à cette formation à laquelle Ambrine devait se trouver. Il ne parvenait même pas à joindre sa meilleure amie qui aurait eu peut-être plus de renseignements à lui donner. La jalousie pointait finalement le bout de son nez. Sa femme était peut-être à cet instant dans les bras d'un autre en train de convoler en secondes noces. Tout le monde devait être au courant sauf lui, et, tel un complot organisé par une secte démente ou par une fatalité sournoise, il s'était blessé et restait immobilisé dans cette chambre.

Car vraiment tout ce cirque ressemblait à du grand n'importe quoi ! Un ministère qui appelle comme cela, sans qu'il y ait une annonce nulle part. Il réécouta le message vocal. Cette voix nasillarde : « Monsieur Tominezzi, bonjour, etc ». On aurait dit un canular. Ce n'était quand même pas la mort de lui envoyer un message sur internet, elle devait bien avoir un accès lors de cette prétendue formation. Certainement, elle avait oublié ses mots de passe et sans téléphone elle ne pouvait se connecter. Mais cette histoire de formation commençait sérieusement à lui peser, il en venait à douter de sa véracité. Elle lui en avait peut-être causé en fait et il ne s'en souvenait plus.

Il se gratta la nuque. Il avait un vague souvenir, un jour, mais c'était quand déjà, qu'elle avait parlé de participer à des ateliers qui s'étaleraient sur plusieurs journées dans une autre région.

Il se connecta sur son téléphone pour aller à la pêche aux informations. Effectivement, il y avait bien des articles sur des sites journalistiques d'apparence très sérieux, mais pouvait-il s'y fier ?

8

La nouvellement Très-Sainte Femme fut dirigée vers une salle de restauration. Là, tout ce qu'elle désirait manger et boire pouvait lui être apporté. Elle mangea donc pour deux personnes. Après tout, ce n'était pas tous les jours qu'on guérissait le Pape.
Ce dernier voulut d'ailleurs s'entretenir avec elle après son repas. Il était revigoré et on lui donnait facilement dix ans de moins. L'homme en rouge se tenait à ses côtés, au cas où, pour traduire ce qui serait inintelligible ou pour faire ses signes de croix comme à son habitude. D'une voix mélodieuse et claire, le Pape déclara :
« Très-Sainte Femme, vous m'avez sauvé. En vos yeux, j'ai vu l'Espérance oubliée et mes poumons ont réappris à respirer avec facilité. Dans mon Esprit, vous avez expatrié les démons de la Mort qui me tourmentaient depuis plusieurs semaines. Sans vous, j'y serais resté. A présent, vous pouvez demander ce que vous voulez, nous vous l'offrirons sur un plateau. Si vous le souhaitez, vous pouvez rester ici, sinon repartir dans votre vie ordinaire. La richesse, la gloire, l'ascension sociale ? Qu'est-ce qui pourrait

vous faire plaisir ? Je ne sais comment vous dire merci pour ce miracle.
– Monsieur le Pape, répondit Ambrine qui hésita une seconde (elle ne se souvenait plus de la formule de politesse mais elle se reprit), euh Votre Sainteté, j'aspire justement à vivre une vie ordinaire en exerçant au mieux mon métier et en restant auprès des gens qui m'aiment et que j'aime. Je ne pense pas être détentrice d'un quelconque pouvoir, j'ai juste posé mes mains sur la vôtre et, enfin, vous parlez d'un miracle mais il pourrait s'agir tout aussi bien d'une coïncidence. Sans conteste, si vous vouliez me donner un lingot d'or ou un chèque, je ne refuserai pas mais je ne cherche pas à tout prix à m'enrichir sur vos deniers.
– C'est une très sainte parole, très pragmatique. Je ne vous couvrirai donc pas d'or mais vous donnerai un dédommagement pour vos bons soins. Je ne peux cependant vous laisser partir sans vous proposer de rencontrer des représentants religieux et des chefs spirituels éminents dans d'autres pays. Rien ne vous oblige, néanmoins si vous m'accordiez cette faveur, toutes mes prochaines prières iront vers vous et vos proches. Cela ne vous prendrait que trois jours de votre temps. Et après cela, vous ne croirez plus aux simples coïncidences !
– C'est à dire que nous sommes quel jour déjà ? C'est que j'ai mon mari à l'hôpital et puis...
– Le mardi 25 mai deux-mille (le Pape chuchota et la fin de l'année devenait inaudible, le cardinal en rouge n'intervint pas, trop occupé à ses prières). Il

faudrait en fait que vous vous rendiez d'abord à Jérusalem, puis à la capitale du Bénin, après en Egypte, ensuite en Inde, à D... »

Il énuméra les lieux et les personnes à rencontrer comme s'il s'agissait de rendez-vous d'affaire.

Ambrine partit dans une chambre se reposer quelques heures. On l'installa cette fois dans un lit bien plus raffiné avec un matelas à mémoire de forme et des draps soyeux. On lui cuisina un dîner plus léger que le repas, puis elle prit un bain ce qui lui permit de rassembler ses esprits et de réfléchir. On lui octroya quelques vêtements supplémentaires et on la gratifia de deux lingots d'or, d'un kilo chacun, emballés dans une boîte en carton. Elle glissa le tout dans son sac à dos. Guillerette, elle pensa au crédit de la maison à rembourser, elle se représenta également une piscine creusée avec une pergola. Ils y pensaient depuis un moment avec Alvin. Il y avait aussi l'isolation à rénover. Après quelques bénédictions papales, la nuit était déjà bien entamée lorsqu'elle embarqua dans le même petit jet. Le prêtre habillé en noir avec un col blanc et le cardinal habillé tout en rouge étaient de nouveau autorisés à l'accompagner vers de nouvelles aventures.

« Allons-y, pensa-t-elle, en remontant dans l'avion, mais bonjour l'empreinte carbone ! »

Ils atterrirent le mercredi matin tout près de Jérusalem, la ville dite « trois fois sainte ». Il pleuvait en abondance.

D'aussi loin qu'elle s'en souvienne, Ambrine avait toujours détesté la pluie. Déjà à l'époque où elle était écolière, la pluie gâchait le plaisir des récréations, et puis elle ne pouvait pas aller se promener sans son parapluie car après ses cheveux devenaient tout frisés. Bon, elle n'était ostensiblement pas là pour faire du tourisme, elle allait faire avec. Elle enfila son gilet beige à capuche et sortit.

De nouveau aucun tapis rouge, aucun cocktail de bienvenue. De nouveau un taxi qui fit monter à son bord les trois personnes. Il les déposa devant un lieu neutre : un musée. Après avoir gravi un bon nombre de marches d'escalier en pierre (bonnes pour le tonus musculaire selon les organisations de la santé), les trois personnes furent présentées à un imam et un rabbin qui s'étaient réunis pour l'occasion.

« Très-Sainte Femme » déclamèrent-ils à l'unisson en guise de salutations.

Le rabbin reprit : « Nous n'y croyions pas tout à fait mais force est de constater que c'est bel et bien la vérité, vous avez déjà réalisé un miracle. Vous avez apporté la pluie. Cela faisait vingt-trois jours qu'il n'était pas tombé une seule goutte ici !

– Non, vingt-quatre jours précisément ! surenchérit l'imam.

– Vingt-trois ! Je sais compter ! se fâcha presque le rabbin.

– Vingt-quatre, j'en suis certain ! J'ai fait des croix sur le calendrier !

– Non vingt-trois…

Cette partie de ping-pong météorologique verbale agaça Ambrine qui se manifesta :

« Excellences (elle ne savait pas quelle formule utiliser, alors elle allait toujours dire Excellence, peu importait le titre de la personne), sauf votre respect, on s'en fiche un tout petit peu du nombre de jours. On ne va pas se disputer pour cela et je n'ai pas apporté de pluie dans mes bagages. Vraiment, c'est juste une coïncidence et non pas un miracle. L'avion aura charrié de gros nuages gris depuis Rome et c'est tout. »

Les hommes qui avaient tous deux une belle barbe fournie sourirent et se serrèrent la main avec amitié. Ambrine, réconciliatrice de religieux et faiseuse de pluie ?

« Vous êtes trop modeste », reprit le rabbin, « tenez, voici une menue offrande, prenez ce sachet de dattes. »

Elle ne raffolait pas de ce fruit mais pourquoi pas en croquer un de temps en temps en cas de fringale. Elle plaça le sachet de dattes dans sa sacoche en bandoulière.

« Et prenez également ce foulard, dit l'imam, et puis comme le voyage vous aura sans doute fatigués, restez manger et vous reposer ici vous et vos guides. » Le foulard alla dans le sac.

Elle dégusta des spécialités locales, puis après un court somme dans une pièce aménagée, le taxi conduisit les trois voyageurs vers le petit avion. Il pleuvait encore des cordes lorsqu'ils repartirent en début d'après midi, direction le Bénin.

Là-bas, ils se posèrent immédiatement devant un sanctuaire à quelques encâblures de la capitale, Porto-Novo. Un timide arc-en-ciel décorait la plaine désertique. Une personne de couleur noire avec de la peinture grisâtre sur le visage et un collier d'os qui reposait sur son torse leur offrit l'hospitalité. Il toussait.
« Très-Sainte Femme, je suis enroué et j'ai mal à la gorge, déclara d'une voix éreintée le sorcier vaudou, je vais donc avoir du mal à vous parler, recevez mes plus sincères excuses. »
Ambrine ne put s'empêcher : « Il me semblait qu'au Bénin rien n'était grave... » et elle se retourna en riant intérieurement pour poser son regard sur les deux hommes qui l'escortaient afin de voir s'ils avaient compris le jeu de mots. Ils n'étaient pas réceptifs. L'homme en rouge faisait ses signes de croix et l'homme en noir regardait fixement devant lui, comme absent. Elle fit glisser la fermeture Eclair de son sac à dos et sortit quelques coquelicots qu'elle avait cueillis lundi en fin d'après-midi. Ils avaient séché. Elle découpa les pétales. « Je connais un remède de grand-mère, elle expliqua, il faut environ vingt centilitres d'eau frémissante pour les faire infuser. En tout cas, cette recette marche sur moi ». Le sorcier but la décoction et une demi heure après il se sentit déjà mieux. Ambrine pharmacienne non conventionnée ?
« C'est miraculeux. Vous avez soigné mon mal de gorge avec ces fleurs. Merci mille fois !

– Oh un miracle, en fait non, c'est juste encore une coïncidence, j'adore cueillir des fleurs, c'est une seconde passion, votre Excellence. Et préparer cette tisane, ce n'était pas bien sorcier. » Elle se retourna encore une fois vers les deux hommes. Ils ne relevèrent toujours pas. L'homme à la peau foncée insista avec fermeté en tapant des mains sur son tambour : « Non vous vous dévalorisez, c'est bien un miracle ! Sans cela je n'aurais pas pu chanter ce soir lors de l'invocation des esprits pour la purification des cœurs. Tenez, afin de vous témoigner ma gratitude, voici une minime offrande, c'est une patte de lapin, symbole de fertilité et d'ingéniosité. »

Pas de repos cette fois. Après avoir donné au sorcier tout le reste de ses coquelicots, Ambrine, accompagnée de ses deux escortes, remonta dans l'embarcation. Le jet décolla en milieu de journée pour l'Egypte, direction Le Caire.
Il déposa les voyageurs à deux pas d'un mausolée sur la rive gauche du Nil. Un grand homme brun accoutré d'une robe blanche et d'un couvre-chef en lin bleu et jaune les accueillit.
« Très-Sainte Femme, je suis enchanté de faire votre connaissance. Vous-même et ces messieurs, voulez-vous bien m'accompagner jusqu'à la pyramide qui se trouve à quelques pas d'ici. J'aimerais vous montrer ce que nous avons trouvé ce matin même. »
Le trio suivit l'homme. « Quelques pas, ouais ouais c'est ça » ronchonna la jeune femme. Ils marchaient

depuis une bonne demi-heure sous un soleil franc qui ne s'encombrait d'aucun voile nuageux.

Peu avant l'entrée de la pyramide, les trois hommes devançaient de quelques pas Ambrine qui sifflait l'air de *Bohemian Rhapsody* de Queen. Les hommes remarquèrent une fillette terrorisée qui pleurait à chaudes larmes, elle était plaquée dos au mur, tétanisée. Un cobra se redressait juste devant elle comme pour l'attaquer.

La jeune femme qui était toujours en train de siffloter en était presque à la fin de la chanson, et, tête en l'air, n'avait rien vu du drame qui se profilait. Elle arriva à la hauteur du reptile qui dût percevoir le sifflotement. Il se mit à onduler puis à danser. Ambrine l'aperçut enfin tandis que tous les autres protagonistes apeurés n'osaient plus bouger depuis plusieurs secondes déjà. La Très-Sainte Femme, saisie d'effroi également, cessa de siffler et ne put réprimer un « Oh mon Dieu, mais va t'en toi, espèce de sale bête ! » et l'animal vertébré déguerpit se terrer sous des pierres sans demander son reste. Tous applaudirent et la fillette tomba dans les bras de sa sauveuse. Cette dernière, très sobre comme à son habitude, déclara posément : « Bon franchement, on va encore dire que c'est un miracle alors que j'avais juste un air qui me trottait dans la tête et que j'avais besoin de le siffler pour me le sortir du crâne. Tu parles d'une coïncidence si ce cobra a eu peur de moi. » Ambrine, charmeuse de serpent sans pipeau ?

Les trois hommes et la jeune femme pénétrèrent à l'intérieur de la pyramide. L'homme à la robe blanche exposa : « Au même moment que l'on m'a appris votre venue, on m'a aussi fait part d'une découverte dans un des tombeaux d'une ancienne reine égyptienne. Il s'agit d'un bracelet en métal. Il est encore reluisant et en très bon état, bien qu'il doit dater d'une époque antique. Etant donné l'acte miraculeux auquel je viens d'assister, je décide qu'il vous appartient désormais. Dans nos croyances, il est un symbole de complétude. »

La jeune femme, indifférente, accepta et posa le bracelet sur son poignet. Il lui allait à ravir et elle se délecta de son éclat.

Après une journée plus que complète, les voyageurs furent invités à manger et à dormir sur place dans des salles dédiées et réservées aux hôtes de marque. Ils dormirent quelques heures en attendant de partir pour l'Inde.

9

Sensation étrange qu'à part ses parents, personne n'était venu lui rendre visite depuis qu'il était ici. On était déjà vendredi. Ses amis avec qui ils jouaient au foot, ses quelques collègues du studio, personne ne semblait réellement se tracasser plus que cela de sa santé. A peine quelques messages avec des émoji -genre biceps ou poing levé- pour lui donner du courage. Ils n'avaient peut-être pas le temps, en semaine les gens travaillaient. Alvin comprenait. Il ne voyait donc qu'une ou deux infirmières différentes et le docteur. Toujours ce même docteur aux yeux verts et clairs qui répétait laconiquement qu'il y avait de l'amélioration et qu'il allait pouvoir sortir d'ici peu. « En attendant, vous pouvez arpenter le couloir si vous voulez, pour vous dégourdir les jambes, du moins votre jambe valide. » Il avait un humour assez particulier.

Mais lui, Alvin, il en avait ras-le-bol. Entre la télévision qui ne fonctionnait que par intermittence, dormir, écrire ses scénarios, faire quelques pas et penser à Ambrine (qui était Dieu savait où), il n'y avait pas grand-chose d'autre à faire. Par la fenêtre, il distinguait à l'horizon des immeubles, des voitures,

des hélicoptères, des gens pressés sur les trottoirs. Il inventait des vies à tous ces êtres et ces machines qui tourbillonnaient dans le tumulte sourd du lointain.
Tel un joueur d'échecs de faible niveau qui se trompe dans l'ouverture ou qui préfère bouger tous ses pions avant les pièces maîtresses, il écrivait des scénarios qui ne tenaient pas la route et finissaient par se ratatiner au bout de quelques dialogues. Il se mettait échec et mat tout seul. Il allait corriger le tir et optimiser une nouvelle variante en s'emparant d'un stylo et d'un de ses fameux carnets qui traînaient. Il devait prendre des libertés avec les mots-clés. En modifiant tous les prénoms, il pouvait peut-être prétendre à un meilleur résultat en fin de compte, ou même en début de conte.

(ébauche numéro quatre)
Zurvan (prénom rarissime) a cinquante-cinq ans. Il s'est marié il y a de cela quinze ans avec Opaline, femme d'une beauté remarquable, que tous les autres hommes de la cité lui enviaient. Autrefois, Zurvan était bel homme et sain d'esprit, il était admiré par beaucoup, c'était un homme entouré. Il n'a jamais travaillé car il était déjà nanti d'une fortune conséquente dès sa naissance. Il s'est contenté de gérer son capital à l'aide d'assistants. Opaline a vingt ans de moins que lui. C'était une comédienne très courtisée à l'époque. Elle donnait des représentations tous les soirs de la semaine dans différentes villes du pays. Pour la séduire, il l'a couverte de cadeaux, il lui a offert les plus belles parures, les plus beaux bijoux.

Il l'a achetée plus qu'il ne l'a aimée. Elle a cessé peu à peu de se produire pour rester auprès de lui. Il ne l'a touchée que dix fois en quinze ans. Il y a douze ans ils ont eu un fils, Sayan. Une fierté qui a réjoui l'âme de Zurvan. Sayan est devenu le nombril de son monde.

Aujourd'hui, cet homme qui avait tout est désormais seul et laid. Il est devenu boursouflé et boit une bouteille de whisky tous les jours. Il possède toujours de nombreuses richesses. Il a une villa en bord de mer, dix voitures, trois maisons, dix appartements. Un seul assistant est resté à son service, il a congédié tous les autres.
Opaline est partie il y a trois ans avec Orson. Le scélérat. Orson, cet ami d'enfance qui n'a jamais rien possédé, qui a toujours été un moins que rien, un parvenu, un cireur de chaussures.
Dans sa salle de bains, Zurvan se brosse les dents. Cela ne sert pas à grand chose. A présent, il garde toujours, quoiqu'il fasse, cette haleine amère et dégueulasse. La faute à la clope peut-être. Sa bouche embaume le cendrier. Ratiches pourries dues à trois années de tabagisme intensif et à des mauvais soins ou alors amygdales déglinguées ou bien estomac détraqué. En fait, ce n'est même pas cela, c'est son amertume elle seule qui le rend mauvais dans tous les sens du terme. Il n'accepte pas la séparation. Pas pour cet Orson, ce locataire qui n'a jamais rien été. Cet Orson, cet ami qui était laid et dont personne ne

voulait. Cet Orson qui ne savait rien faire d'autre que le pitre et qui a eu un métier minable toute sa vie.

(Ecran scindé en deux, flashback retraçant la vie des deux personnages.)

Deux amis d'enfance. L'un a réussi dans tout ce qu'il entreprenait, l'autre a échoué. L'un était bon et l'autre mauvais. L'un était beau et l'autre laid. Pourtant les choses ont changé, Orson est désormais devenu un homme plutôt agréable. Il n'a certes jamais eu beaucoup d'argent mais il connaît à présent la véritable valeur de l'existence. Il exerce un métier respectable. Il a beaucoup appris de ses erreurs.

(La scène change de décor.)

On voit Opaline, elle est d'une beauté toujours aussi resplendissante. Elle entre dans un hôtel immense.

Elle prend une clé à la réception. Derrière, deux personnes la suivent. Elle dit à Orson : « oh vraiment quel hôtel prestigieux ! J'ai bien fait de quitter mon crevard de mari. » Peu reconnaissante, tout de même, mais avec lui elle ne faisait rien. « On restait toujours cloîtrés à la baraque, il ne m'emmenait jamais nulle part. » Elle sourit en mordillant sa langue avec le bout de ses incisives. C'est elle qui a initié cette charmante mimique qui a été recopiée par d'autres actrices populaires.

« Sayan, tu nous suis ? » Elle se retourne pour voir son fils. Il devait passer les vacances chez sa tante, mais changement de programme de dernière minute. Oui le gamin serait là derrière eux avec une petite valise. On le voit sourire également, très heureux.

(scène extérieur jour) On voit Zurvan dans un parc en train de faire les cent pas. Il déambule avec son assistant. Ce dernier l'a prévenu que Orson et Opaline passeraient leurs vacances dans cet hôtel.
(de nouveau dans l'hôtel)
Tout à coup, Opaline s'écrie : « Mais que se passe-t-il ? » Tout se met à trembler. Il y a une bombe qui explose ou quelque chose dans ce genre. (Ajouter effets spéciaux.)
(A l'extérieur) Zurvan voit le bâtiment qui tombe en miettes en ricanant : « bien fait pour eux ». Cela ne lui procure aucune émotion, le mal incarné. Faire souffrir des centaines de personnes pour n'en atteindre que deux n'était pas son but premier dans la vie en revanche il n'a pas hésité une seconde. Mais son assistant n'aurait pas été au courant que dans l'hôtel se trouvait Sayan, le fils adoré. Il n'était pas censé se trouver là. Zurvan ne l'apprendrait que bien plus tard dans les journaux du soir… Et puis… Zut.

Un inspecteur du travail cinématographique aurait pu venir lui dresser un procès-verbal : « Monsieur, l'échafaudage de votre scénario est bancal et toute cette histoire va finir par s'écrouler. »
Alvin avait ce sentiment désagréable d'avoir encore lamentablement échoué sur celui-ci. Il désespéra. Sa cheville toujours un peu gonflée ne lui permettait pas d'aller gambader pour se vider la tête. Cette dernière n'amassait que des idées dont aucun studio ne voudrait jamais, ou alors pour un cachet dérisoire.

Il commençait à regretter ce projet sans doute trop ambitieux. Il aurait dû s'en tenir à une histoire plus facile, par exemple un pèse-personne électronique parlant qui tombe amoureux de la femme qui lui marche dessus. La machine diminuerait le poids de cette femme pour se rendre aimable.

Il repensa au dilemme d'un dieu tout puissant qui créerait une pierre si lourde qu'il ne pourrait pas la porter lui-même. Ce dieu ne serait plus tout puissant. Il en allait de même pour lui et ses scénarios. Si ce scénario était trop bon, pourrait-il en assumer la charge ? D'un côté, il valait mieux ne pas être trop bon non plus. Toutefois il gardait l'intime conviction qu'il devait mieux faire. Et en s'obstinant, au moins un de ses scénarios serait conservé par une production. Alors, il lirait son nom au générique, tel un accomplissement.

Comme la nuit tombait, il s'endormit.

Le docteur poussa la porte violemment et se mit à tambouriner comme un forcené sur le mur, il sautait partout à travers la pièce. Il grimaça et ses yeux verts devinrent flammèches. Il souleva Alvin par le col et lui cria dessus en lui tenant la jambe droite : « Monsieur, votre femme doit passer le restant de ses jours en formation. Vous comprenez ? Elle ne reviendra pas. Cela ne sert strictement à rien d'écrire vos scénarios. »

Alvin se réveilla et constata qu'il n'y avait personne dans la pièce à part lui. Ce n'était qu'un cauchemar dont il se serait bien passé.

10

Jeudi, aux premières lueurs de l'aube, Ambrine et les deux paisibles dignitaires atterrirent en Inde, à Dharamsala. Durant ses premières années de faculté, elle avait ressenti une soudaine inclination pour le bouddhisme réputé pour être une des religions les plus tolérantes au monde. Elle aimait le principe de la réincarnation en animal. La jeune adulte se perdit néanmoins dans les noms des différents dieux et dans leurs représentations.
Lorsqu'elle ne faisait pas attention, il lui arrivait aussi de confondre carrément avec l'hindouisme. Un jour, à vingt et un ans, elle avait entamé un bouquin sur la vie de Shakyamuni, avait parcouru une dizaine de pages puis n'avait pas persévéré. Dorénavant, s'il lui arrivait encore rarement de se prendre pour Bouddha c'était seulement quand elle faisait une séance de yoga ou lorsqu'elle brûlait de l'encens.

Zen, elle devait pourtant encore le demeurer ce matin-là. Se concentrant sur le moment présent, sur l'ici et le maintenant, suivie par ses deux acolytes religieux et d'un traducteur, elle traversa à pied quelques rues d'un quartier pauvre. Les autochtones relevaient les sourcils en les regardant cheminer.

Ce n'était pas habituel ces accoutrements.

Elle s'arrêta vers un enfant en pleurs qui tenait un chat roux à poils courts. Le pauvre matou avait l'air au plus mal. L'enfant portait dans ses yeux noirs une intense tristesse. L'interprète échangea quelques mots avec l'enfant puis révéla à Ambrine : « Le chat est mourant. Avec ça tanto, il est la seule famille qui lui reste ».

La Très-Sainte Femme se pencha et demanda au traducteur : « Comment s'appellent-ils ces deux êtres ?

– Le garçon, Manish, et le chat, Kiaan.

– Eh ben, pauvre pépère, quesqui t'arrive ? »

Elle gratta le félin derrière les oreilles, sentit une petite boule sous la peau. A défaut d'ustensile adéquat, elle exerça une pression à l'aide des ongles de son pouce et de son index. D'un geste expert, elle retira une énorme tique. Le chat miaula et se frotta à la jambe de la jeune femme comme pour la remercier. Il allait déjà mieux, c'était évident, puis il retourna se pelotonner en ronronnant vers l'enfant. Les yeux de ce dernier s'éclaircirent et exprimaient désormais une immense gaieté. Le petit garçon ne cessait de dire merci dans sa langue. Ambrine, vétérinaire à ses heures perdues !

 Ce petit garçon lui fit penser à un de ses élèves et alors sa classe entière lui manqua. Tous les jeudis matins, elle appliquait le même rituel qui devait permettre aux élèves de s'exprimer et de les faire progresser dans le langage oral. « Qu'as tu fait de beau hier ? », interrogeait-elle, et chaque élève devait à tour de rôle raconter sa journée du mercredi. Petit Luis pouvait dire : « j'ai fait du vélo », petite Elodie pouvait dire : « j'ai fait mes lectures et j'ai écrit » et petit Ethan disait : « j'ai caressé mon chat ». Invariablement, tous les jeudis matins de bonne heure Ethan répondait : « j'ai caressé mon chat ». Elle passa sa main dans les cheveux de l'enfant et lui souhaita tout le bonheur possible. Elle lui légua le bracelet égyptien : « En espérant que cela te porte chance ! » Ensuite, ils reprirent la route vers le monastère.

Un brin déçue, elle ne rencontra pas le Dalaï-lama en personne mais un moine qui faisait office de sage et d'érudit. Chauve et vêtu d'un habit orange, c'était un homme sans âge, il pouvait bien avoir trente ans comme soixante-dix, aucune ride ne parsemait son front. Il était en train de méditer lorsque la jeune femme vint à sa hauteur. Il se courba pour la saluer et ses lèvres s'écartèrent en la dévisageant. Il lui tint alors ce discours en joignant ses deux mains pour élaborer une forme de triangle : « Très-Sainte Femme, notre Chef spirituel ne peut pas vous recevoir mais il vous reconnaît comme prodigieuse. C'est un réel privilège pour moi de pouvoir vous adresser la parole. Je peux voir dans votre regard immensément bon que vous incarnez la Sagesse et la Vérité. En vous détaillant, je perçois des milliers de visage et un seul, je vois le Multiple et l'Unicité. J'ai déjà entendu parler du miracle que vous avez accompli avec le chat et je dois avouer que je suis indéniablement impressionné.

– Oh, votre Excellence, j'ai juste ôté un gros parasite de ce chat, ce n'est vraiment pas grand-chose, à peine une coïncidence.
– Vous pensez ? Mais avant vous, personne d'autre ne s'était arrêté auprès de cet enfant. Vous n'avez pas fait que sauver ce chat d'une mort lente et douloureuse, vous avez sauvé le garçon en lui rendant la joie. De plus, vous lui avez transmis un bijou d'une grande valeur. Cet enfant deviendra riche. Pour tout cela, vous porterez dorénavant un monde en vous. S'il vous plaît, souvenez-vous en, et chérissez-le précieusement. Prenez ce vêtement, c'est une robe orange traditionnel des moines et des nonnes bouddhistes, je ne puis vous offrir autre chose si ce n'est un peu de thé et de repos.
– Merci, votre Excellence. Je m'en rappellerai, c'est certain. Hélas, nous devons déjà vous quitter, il faut que je rende visite à d'autres de vos collègues.

L'avion repartit pour les Etats-Unis, direction le Dakota du Nord. La Très-Sainte Femme estima : « L'itinéraire n'a vraiment ni queue ni tête. Ils n'auraient pas pu calculer pour que la distance totale fasse le moins de kilomètres possibles ? Woh, ce sont quand même des mathématiques élémentaires, c'est la base quoi… » Elle avait déjà voulu en référer au pilote lors de la dernière escale, mais ce dernier ne s'était jamais montré depuis le début du périple, comme si ce jet était télécommandé à distance. Y avait-il quelqu'un dans le cockpit ?

Le soleil pointait au zénith quand l'appareil se posa dans un nuage de poussière au sein même d'une réserve d'indiens sioux. Les passagers mirent pied à terre et un homme et une femme qui portaient un pagne et une coiffe de plumes sur la tête vinrent les saluer. Ils s'installèrent tout contre une tente.
« Ben tiens, il manquerait plus que Kevin Costner », s'amusa Ambrine.
« Bonjour Très-Sainte Femme, nous sommes ravis de vous rencontrer.
– De même, Excellences.
– Je me présente, dit la femme, je suis Vision Fugace et voici mon époux, Bison Moqueur. Ce sont nos noms de Sioux. Nous perpétuons la tradition et nous vivons à la manière de nos ancêtres. Mais si vous le souhaitez vous pouvez nous appeler par nos vrais patronymes, Virginie et Billy.
– Eh bien, moi c'est Ambrine. Mes parents m'ont prénommée ainsi car ils espéraient que j'aie l'esprit fin, tout comme l'ambre. Je peux être capable de réflexions philosophiques assez métaphysiques, par exemple : "ce n'est pas la même chose d'avoir les cheveux mouillés en hiver que de les avoir mouillés en été" ou bien encore "montre-moi comment tu éternues, je te dirai qui tu es" . Toutefois je reconnais que j'ai parfois des jeux de mots qui viennent contredire leur espoir. Je m'abstiendrai d'en faire cette fois-ci. J'aime bien vos noms indiens, ne vous en faites pas. »
Un peu plus loin, une procession d'Indiens attira son attention.

« Est-ce que c'est la chaleur qui a tapé sur la tête de ces gens qui tournent en rond ? » la jeune femme posa cette question en désignant le groupe.
Bison Moqueur se targua d'un éclaircissement :
« Non, vous n'y êtes pas, il s'agit de la Danse des Esprits. Ces personnes dansent en cercle plusieurs jours durant pour commémorer les souffrances commises sur notre peuple.
– D'accord, c'est un bel exercice, très saisissant… et vibrant. » Ambrine tapa du poing sur le sol et ajouta : « D'ailleurs, quelles sont ces secousses ? »
La terre se mit légèrement à trembler comme si des vaguelettes ondulaient là-dessous.
Au même moment, quelque chose tomba sur les cheveux de la jeune femme. C'était un pendentif avec une chaîne dorée parsemée de pierreries et d'une bague. La femme sioux poussa un cri d'étonnement :
« Hein ? Mais c'est impossible ! C'est le collier que j'avais perdu il y a deux ans. J'ai toujours cru qu'on me l'avait volé mais il devait être accroché sur le haut du tipi. Sans doute un passereau qui l'aura emporté là-haut pour concevoir son nid. Et vous, vous arrivez, et puis en l'espace de cinq minutes, vous déclenchez une secousse sismique et là vous le retrouvez ! Oh vraiment merci, il a une haute valeur sentimentale pour moi ! C'est un miracle, il n'y a pas d'autre explication. » Ambrine, séisme providentiel ?
« Oui, un miracle c'est ça, répéta la jeune femme, comme vous voulez. Pour moi cela coïncide juste

avec le mouvement de cette troupe qui tape des pieds. Enfin…
– Pour fêter ça, une pipe ? » la coupa Bison Moqueur en montrant toutes ses dents.
Il se rendit dans le tipi. La Très-Sainte Femme fronça les sourcils jusqu'à ce qu'elle aperçoive l'objet avec lequel il ressortait.
« Oui c'est notre calumet sacré, comme le veut la coutume. Mais nous nous en servons seulement pour les grandes occasions » précisa Vision Fugace.
Les deux accompagnateurs ne souhaitèrent pas tenter l'expérience et Ambrine déclina poliment. Le jour avançait et elle se rendit compte que la fin de la semaine approchait. Elle se mit à en avoir marre, très marre, de ce voyage qui n'en finissait pas.
« Pour avoir retrouvé mon beau pendentif, ajouta l'Indienne, acceptez cette véritable plume d'aigle, symbole de force et de pouvoir. » Le sac à dos commençait à être bien rempli à force. Elle glissa la plume dans la pochette de devant.
« Si vous souhaitez dormir ici, proposa l'Indien, nous vous préparerons chacun une tente. » Les trois voyageurs acceptèrent et Ambrine songea à son interrogation avant d'accepter de suivre le prêtre. Ils allaient finalement bien faire du camping…

Vendredi, en début d'après-midi, l'avion mit le cap sur l'Islande, la terre de feu et de glace, ornée de multiples volcans, de geysers et de pâturages.

En comptant le décalage horaire, l'avion se posa sur un fjord de l'ouest du pays aux alentours de dix-huit heures. Il s'équilibra à proximité d'une falaise qui surplombait l'océan. A l'ouverture des portes de l'embarcation, une grande femme blonde arborant un manteau de plumes se précipita vers les trois pèlerins jetlagués. La femme avait les yeux bleus, un piercing à la narine droite ainsi qu'un collier magnifique couleur fauve autour du cou. Elle se nommait Freia.

Elle leur apprit qu'elle était une des dernières représentantes du culte nordique et qu'elle descendait d'une lignée de vikings.

Les hommes d'Eglise, Ambrine et la femme blonde trouvèrent asile dans une grotte.

« Est-ce que vous souhaitez vous baigner Très-Sainte Femme ? » Elle désigna une source d'eau chaude pas loin, en dehors de la grotte.

« J'aime nager mais c'est que je n'ai pas pris ma tenue de natation, je préfère juste tremper mes pieds. » répondit la maîtresse sans maillot de bain. Freia se dévêtit et plongea presque intégralement nue dans le petit lagon. « C'est comme vous voulez, elle est super bonne en tout cas. »

Le prêtre et le cardinal se retournèrent par pudeur et observèrent, dans un état contemplatif, le ciel qui se teintait de lumières vives et colorées. La nuit était bientôt là. Ils étaient restés silencieux pendant quasiment tout le voyage, comme concentrés dans leurs prières, cherchant on ne savait quoi à travers leurs regards ou leurs chuchotements, et veillant constamment sur la jeune femme.

Après quelques brasses, Freia sortit de la source et c'est à ce moment précis que surgit de nulle part non pas un aigle noir mais un homme tout habillé de gris porteur d'une cagoule jaune et rouge. Sur des charbons ardents, il menaça la femme blonde avec un long bâton en baragouinant un anglais approximatif avec un accent belge : « I'm looking for the Very Holy Woman, one time, where is she ? Is it you or no ? » (Je cherche la Très-Sainte Femme, une fois, où est-elle ? Est-ce que c'est toi ou non ?) Il se trompait évidemment de personne car Ambrine avait toujours les pieds dans l'eau. Elle se releva prestement pour bondir et s'emparer de son sac à dos. Elle ne pensait pas à préserver son or mais à user de sa bombe anti-agression. L'assaillant repéra son stratagème. Il se rua vers elle. Les deux tirèrent sur le sac chacun par une extrémité. La jeune femme eut le dernier mot. Elle cogna la nuque de l'homme avec le tranchant de la main. L'homme chancela et trébucha. Elle dézippa la fermeture Eclair et déclencha le gaz lacrymogène. L'autre poussa des cris plaintifs et pleura (non des larmes divines mais des larmes humaines, de méchantes larmes). La femme profita qu'il ne voyait rien pour le maîtriser. D'une main de maître, elle l'attacha à un bouleau avec des vêtements donnés par le Vatican.

« Tête de nœud ! », s'exclama t-elle. Ambrine Très-Classe Rangers ?

Freia, émue et reconnaissante, se précipita vers Ambrine : « Très-Sainte Femme, oh alors c'était vrai, vous êtes indubitablement miraculeuse. Cet homme

dangereux aurait pu me blesser ou me tuer. Ah, merci, merci vraiment !
– Pas de quoi, Excellence ! C'est une chance que j'avais ma bombe lacrymo sur moi. Et j'ai pris des cours de self défense. C'est pourtant clair comme de l'eau de roche que c'est encore et toujours une sacrée coïncidence et non un satané miracle !
– Oh, vous vous dénigrez. Pour m'avoir sauvé, acceptez cet humble cadeau, c'est un symbole de renouveau et de lumière. »
Elle lui tendit un caillou.
C'était une pierre en aragonite mal taillée dans laquelle était incrusté un genre de petit diamant translucide blanc en forme de cygne. Ambrine n'avait jamais beaucoup apprécié cet animal. Petite, elle avait failli se faire becqueter par un de ces oiseaux au bord d'un étang. Elle n'en prit pas ombrage et plaça le joyau dans la poche de son gilet.

« Messieurs, j'aimerais bien rentrer maintenant, je suis fatiguée, exténuée, rincée ! » Ambrine sentait ses yeux se fermer tout seuls. Le prêtre habillé de noir se tourna vers le cardinal habillé de rouge qui hocha la tête.
Il rendit son verdict : « Oui c'est compréhensible... Après avoir fait preuve d'autant de thaumaturgie, vous devez avoir besoin d'une bonne nuit de repos. Peut-être une autre fois, nous pourrions nous rendre encore vers bien d'autres lieux intéressants. La Chine, le Japon, l'Australie, le Pérou... Mais nous

pouvons en effet nous en aller à présent. Nous vous déposerons à votre domicile. »

Un incident toutefois au moment d'embarquer dans le jet : le sac à dos qui, depuis la bagarre avec le zouave encore attaché à son arbre, avait ses coutures craquelées au niveau du fond, laissa s'échapper la boîte qui contenait les deux lingots. La boîte roula, prit de la vitesse et dégringola de la falaise avec perte et fracas dans l'Atlantique.
« Ah mais non ! C'est pas possible ça ! » pesta la jeune femme tandis que les deux prêtres se massaient le cuir chevelu en mimant non de la tête. « Pff, ajouta la femme, et allez, tant pis pour le crédit, et adieu la piscine creusée, la pergola et l'isolation ! »

L'avion prit de l'altitude et Ambrine gardait ses paupières mi-closes fixées sur le hublot. Un torrent d'étoiles filantes se déversait dans un ciel déjà noirci par la nuit. Quelques nuages habiles dévoraient un croissant de lune qui s'en sortait pourtant indemne. Avant de s'abandonner complètement au sommeil, elle fit de nombreux vœux et, mystique, elle composa dans sa tête un quatrain en alexandrins tout en comptant mentalement sur ses doigts.

Les étoiles filent lentes dans le ciel noir
"Tout est clair" dit le ciel, comme dans un miroir
Ce soir la coupe est pleine avec mes vers trop vides
Comme la lune est reine, et les étoiles rides !

Réveil en sursaut le samedi après-midi dans le lit conjugal. L'horloge numérique affichait pas loin de dix-sept heures. Bouche pâteuse, léger mal de crâne. Les mêmes symptômes qu'un lendemain de cuite à part qu'elle ne buvait jamais d'alcool en grande quantité et avait une sainte aversion pour tout ce qui avait trait aux drogues.
« Cela abîme l'âme » prêchait-elle.
Elle avait peut-être fait une exception à la règle lors d'une soirée la veille ou bien quelqu'un de mal intentionné lui avait versé une substance dans son verre. Mais non, si sa mémoire ne lui jouait pas des tours, elle était sortie avec quelques collègues pour fêter la fin de leur séminaire et elle n'avait bu que trois bières faiblement alcoolisées. Ce n'était pas suffisant pour être dans cet état presque comateux. En plus, oui c'était certain, elle était rentrée sagement se coucher, elle n'avait même pas voulu continuer la soirée en boîte de nuit. Donc elle ne savait pas ce qui pouvait être imputable à cet état. Dans la matinée, elle avait pris le train puis un bus pour rentrer chez elle et dormir quasiment tout habillée. Pourtant certaines visions démentielles lui étaient revenues d'emblée, dès que ses yeux s'étaient ouverts, comme si elle avait incarné une autre personne. Elle tenta de se remémorer ce songe absurde : à cause du visage d'une statue elle était devenue une divinité peu commune, elle avait fait rire le Pape, était partie en expédition avec deux hommes d'Eglise, avait fait tomber la pluie, avait soigné un sorcier vaudou, avait sauvé une fillette d'un cobra, avait guéri un chat,

avait fait trembler tranquillement la terre chez les Indiens d'Amérique et avait sauvé une femme blonde d'une espèce de ninja belge.

Là, elle avait surtout cette impression désagréable d'avoir trop dormi et ne se souvenait pas de façon claire ce qu'elle avait pu faire durant toute cette semaine. Quatre jours qui s'étaient désagrégés sans la moindre parcelle précise de souvenance, ce n'était pas quelque chose de courant, il allait falloir qu'elle se creuse les méninges pour se rappeler du déroulé des faits.

Sur le drap, à coté de son oreiller, il y avait une feuille plastifiée, une attestation de présence à une formation avec l'en-tête de son ministère de rattachement. Son portable, éteint, somnolait sur la table de chevet. Elle l'alluma en espérant qu'il fonctionne, il donnait des signes de faiblesse depuis quelques semaines et il lui avait fait faux bond pendant ces quelques jours. Bien, la batterie était encore assez chargée. Flopée de messages et de notifications. Il y avait pas mal de gens qui s'étaient inquiétés de ne pas avoir eu de ses nouvelles. Elle répondit à quelques amis qu'elle aimait bien se fendant d'un : « Désolée, j'ai eu une galère de portable et j'étais à un séminaire qui m'a pris tout mon temps cette semaine », contacta ses parents qui allaient venir la rejoindre dans l'heure, appela Alvin pour le rassurer. Une aspirine aida son mal de crâne à se dissiper définitivement. Le simple fait de voir l'effervescence du disque dans le verre d'eau permit à ses souvenirs de remonter à la surface. Elle avait assisté à différents ateliers destinés à appréhender les nouveaux programmes pédagogiques et didactiques de la rentrée prochaine. Elle avait dû réserver un billet à la dernière minute pour prendre un bus et un train lundi, en fin de journée, afin de rejoindre une autre ville. Lyon, Dijon, Besançon ? Besançon, oui, la ville au musée du Temps. Elle revoyait avec netteté les amphithéâtres, noirs de monde, des collègues qui lui étaient tous inconnus, et puis des professeurs, des assistants, plusieurs conférenciers et formateurs qui rabâchaient de nombreux concepts. Elle visualisait même sa chambre louée pour l'occasion dans une résidence haut de gamme. Accrochées au mur, il y avait une croix et une reproduction d'une toile du Douanier Rousseau représentant une femme avec un serpent qui entourait son cou.

Le mercredi, les groupes s'étaient répartis dans différentes agglomérations plus ou moins éloignées. Elle-même s'était rendue à Saint-Etienne, d'autres étaient partis à Angoulême, d'autres encore jusqu'à Porto-Vecchio. Elle avait également covoituré lors de la journée du jeudi pour assister à une réunion dans le Jura puis dans la même journée à Belfort. Le lendemain elle avait pris part à une autre assemblée juste à côté de Vesoul, une petite ville qu'elle avait trouvé fort charmante. Ils avaient débattu à propos de la fameuse méthode italienne Montessori et comment ils pouvaient la mettre en pratique dans leur activités. Même si cela n'avait pas été de tout repos, ils n'avaient pas quitté la France. Néanmoins elle gardait en son for intérieur cette sensation étrange qu'elle avait voyagé en l'espace de quatre jours plus que le commun des mortels ne pourrait jamais le faire. Son cerveau avait dû combiner différentes données pour créer un rêve burlesque.

Elle alla dans la salle de bains. L'eau sur sa peau lui fit le plus grand bien. Elle retrouva un semblant d'énergie et ses nerfs se détendirent. Lorsque ses parents arrivèrent, ils s'attablèrent pour discuter. Ils la trouvèrent changée. La mère s'enquit : « Alors, comment tu vas ma puce ? Cette formation, pourquoi ne pas nous en avoir parlé avant ?
– J'ai complètement zappé qu'elle avait été avancée à cette période de l'année. J'étais allé cueillir des fleurs et j'ai regardé mon agenda à dix-huit heures trente lundi et ça a fait tilt. Et puis avec ce problème de téléphone. Rah, il faut vraiment que j'en change. Regarde, la charge ne tient plus, il est quasiment déchargé alors qu'il était à environ cinquante-cinq pour cent quand je t'ai appelée tout à l'heure. Parfois, il se bloque sur le mode avion et je ne peux plus le remettre normalement. Et d'autres fois il s'éteint tout seul et impossible de le rallumer. C'est ce qui est arrivé cette semaine, juste avant de prendre le bus évidemment… Je ne suis jamais restée autant de temps sans communiquer. J'étais blasée. Je n'avais bien-sûr pas pris le calepin dans lequel j'ai tous mes numéros utiles.
– C'était bien au moins ?
– La formation, ben c'est assez étrange, je n'arrive pas bien à me rappeler de tout son contenu. C'était

trop long, ça je m'en souviens clairement. Et sans cesse nous devions alterner les lieux, les salles d'apprentissage et même les villes !
– Si cela ne t'a pas marqué, c'est que ça ne devait pas être très intéressant alors, ironisa Laurent, son père. J'espère en tout cas que tu as pris des notes. Il faut que tu t'accroches, ça ne fait pas longtemps que tu exerces.
– Mais enfin, ma chérie, on dirait que quelque chose ne va pas. Tu as les yeux brillants, je ne t'ai jamais vue comme ça. T'as de la fièvre ? »
Lauriana apposa le dos de sa main sur le front de son enfant. Perplexe, elle décréta : « Non, ce ne doit pas être ça.
– C'est vrai que je ne me sens pas bien aujourd'hui, avoua la jeune femme. Je ne sais pas si c'est à cause du voyage en train tôt dans la matinée et de tous ces trajets. En tout cas, j'ai la nausée depuis que je me suis réveillée, et puis j'ai la poitrine plus gonflée que d'ordinaire, confia Ambrine »
La mère leva l'index, comme si elle avait résolu l'énigme :
« Depuis quand tu n'as pas eu tes règles ?
– Ah, ben tiens, c'est que… »

11

Alvin n'avait plus vraiment mal à la jambe mais il y avait toujours ce fichu bandage qui l'empêchait de se mouvoir correctement. Son moral était au beau fixe. Parce que même s'il avait été très court, l'appel d'Ambrine avait fini de le rassurer. Ils n'avaient pas parlé longtemps car son téléphone avait toujours un bug, il s'éteignait ou indiquait « mode hors-ligne ». De plus ses parents n'allaient pas tarder à venir la rejoindre. Comme il était déjà tard, elle ne passerait le voir que demain dimanche le plus tôt possible. Elle pourrait le ramener à la maison si le médecin était d'accord. Elle était claquée et cela s'était entendu au bout du fil.

Il avait appelé une infirmière qui allait se renseigner mais normalement il ne devait pas y avoir d'objection. Il n'avait donc plus qu'une petite nuit à passer ici. Il comptait bien rester éveillé et s'acharner à écrire d'autres scénarios. Il pourrait montrer à Ambrine qu'il n'avait pas chômé durant son séjour ici. « Elle pourra s'apercevoir que j'ai enterré mes errements. Et si au moins un scénario est retenu alors avec l'argent gagné, pourquoi pas rembourser une partie du crédit de la maison, et si cela marche du

tonnerre, pourquoi pas faire creuser une piscine, faire poser une pergola, rénover l'isolation ? Et en prime une villa dans le Sud au bord de mer pendant qu'on y est !» Il s'enflammait très légèrement.
Il écrivit sa cinquième ébauche en mettant au point un rôle de personnage féminin jaloux.

Ebauche numéro cinq

La scène se passerait dans un restaurant un jour de la semaine. Seules deux personnes déjeunent en salle. Lilian est attablé avec Amélia. Ils ont tous deux une vingtaine d'années. Ils papotent amicalement. Ce sont peut-être deux collègues.
Soudain, une petite femme brune déboule dans le restaurant. Un vrai canon qui est aussi boulet de canon, et aussi boulet tout court, elle semble complètement marteau et gueule :
« Je croyais que tu mangeais avec tes collègues ! Tu te fous bien de ma tronche en fait ! C'est qui elle ?
– Mais enfin, mais calme-toi, pourquoi tu fais directement un scandale ? Oui quand je t'ai envoyé un message tout à l'heure c'était la vérité, mais ils n'ont pas pu venir, du coup, je suis seulement avec Amélia. Déjà, pourquoi tu es ici ? On avait dit qu'on n'était plus ensemble, on s'était mis d'accord avant-hier. Tu me suis ou quoi ?
– Ouais alors Amélia, dirait la brune, méfiez-vous de ce gars-là. C'est un mythomane et un sombre type. »
Amélia, grande rousse avec un décolleté dévoilant une poitrine généreuse, regarderait d'un drôle d'œil

cette femme un peu dérangée, et dangereusement dérangeante. Lilian reprendrait :
« Bon Linda, tu te casses maintenant ! Tu veux quoi, te taper l'affiche ?
– Arrête va, il y a personne dans votre restau, les gens sont tous en terrasse, vous, vous êtes mis à l'intérieur pour vous abriter des regards, hein ? Je suis pas folle !
– Heureusement que tu le dis, sinon on n'aurait pas deviné…
– C'est ça prends-moi pour une débile. Mais Amélia, regardez-le sous ses airs angéliques, il va vous chanter sa berceuse, vous fredonner que vous êtes la plus belle à ses yeux, que jamais il n'a rencontré quelqu'un comme vous, et tutti quanti, ou tutti frutti, je ne sais plus. En tout cas, ne croyez pas à ses balivernes. C'est un manipulateur, une personne froide, un pervers narcissique ! »
Un serveur débarquerait, gel dans les cheveux, tout sourire, il dirait : « Bon eh bien moi je repasserai ! »
Linda continuerait sa scène :
« Samedi dernier, il était encore chez moi, il s'est bien occupé de moi si vous voyez ce que je veux dire. Alors c'est trop facile ensuite de faire comme si de rien n'était, comme si on n'était plus en couple et de se taper sa première collègue venue.
– Mais enfin, Linda, s'il te plaît, tu me fous la honte là. Tu ne comprends rien, tu te trompes sur toute la ligne !
– Amélia, je vous le dis comme je le pense, avec la plus ample sincérité dans ma voix et dans mon

regard. Je jure et je lève même la main droite. Parole de femme à une autre. Ne sortez pas avec lui, vous allez le regretter toute votre vie. Moi ça fait deux ans qu'il me fait espérer des choses et qu'il s'en va et qu'il revient. Il me prend et me jette telle de la nourriture qu'on mâche et qu'on recrache. Pour lui, les femmes ne sont que des morceaux de viande sur un étalage de marché. »

Amélia baisserait les yeux sur son assiette, elle ne dirait pas un mot, pensant à son plat qui serait en train de refroidir. L'autre cintrée poursuivrait :

« Je vous jure sur ma vie que j'aurais préféré ne jamais rencontrer cet homme que vous avez en face de vous. C'est un beau parleur, un bon comédien mais il n'est rien du tout en fait. C'est un branleur, d'ailleurs il est addict aux films de boules, et je parle pas de pétanque, hein ! »

Lilian baisserait la tête, atterré, suppliant du regard cette copine un poil envahissante. Il dirait :

« Je t'en prie, arrête, tu ne sais même pas qui est cette femme.

– Alors quoi ? Tu vas me dire qu'elle te plaît pas, que tu déjeunes avec juste comme ça.

– Oui, et en plus ce n'est pas une collègue.

– Ben alors, c'est qui, une de tes grognasses d'ex ? »

Là-dessus Amélia prendrait enfin la parole, gênée :

« Enchantée de faire votre connaissance, je suis sa cousine. »

Cette ébauche pouvait ressembler à un court métrage comique, les ingrédients étaient bien là. Les dialogues marrants compenseraient le potentiel déjà-vu. Mais Alvin n'en était pas satisfait, il se mordit la lèvre inférieure, il voulait encore mettre son style à l'épreuve. Il écrivit sa sixième ébauche à la première personne, sorte de monologue à huis-clos, pour se rapprocher d'une autre forme de vérité.

Ebauche numéro six
Un homme qui parlerait face caméra, sorte de confession (calme puis de plus en plus exalté) :

Si je vous fais cet aveu, ce n'est pas pour compenser ma faute, ni même pour que vous compreniez. Parce que personne ne peut comprendre personne. On peut à peine avoir une once de compréhension. Même si l'autre parle avec une grande authenticité, on ne peut pas se mettre entièrement à sa place, on devine mais sans une totale clairvoyance, on dit « oui je vois bien ce qu'il veut dire par là » mais on n'est pas l'autre, jamais.
J'ai eu peur de me réveiller l'autre matin et de pleurer toutes les larmes de mon corps. Ce n'est pas tant de pleurer qui m'avait effrayé mais que d'autres gens, que je connais ou non, puissent me remarquer et pensent : « oh mais quel pleurnichard celui-là. » Il se demanderaient : « pourquoi il pleure, il a tout pour lui, tout pour être heureux, il a perdu quelqu'un peut-être ». Je pleurerais et serais encore plus triste de me sentir pleurer. Ils viendraient avec leur folle empathie afin de me réconforter et d'un côté, certes, il vaudrait mieux cela que de me faire chialer encore plus, mais

moi je les repousserais avec vigueur, ils ne pourraient pas comprendre.

N'était-ce pas crever comme un pauvre vieux chien abandonné que de vivre comme cela ? N'ai-je pas toujours été l'autre gars finalement ? Celui que l'on ne choisit pas, ou alors par dépit. Celui qui n'a pas de voix au chapitre. Celui qui gâche ses relations non pas par plaisir mais parce qu'il ne sait pas faire autrement. J'ai pourtant toujours tenté d'être sympa. Quand on me prenait pour un idiot, je faisais exprès de l'être pour ne pas donner tort aux autres. En revanche, si on me prenait pour un gars intelligent, oui je pouvais l'être aussi mais alors on me disait ensuite que j'étais trop nonchalant, excessivement fier. Et j'ai regardé les autres être heureux sans savoir l'être moi-même. Un tel et un tel savaient y faire. Il savaient comment s'exprimer, comment parler aux hommes, mais aussi aux femmes surtout. Il faisaient les mêmes blagues que moi, racontaient les mêmes choses que moi, sans qu'on ne les taxe d'abjects ou de lourds pour autant. Déjà à l'école, puis collège, lycée, fac, les femmes se mettaient toujours à faire de l'œil au gars qui n'était pas moi. Souvent c'était un hockeyeur, un bodybuildé, ou un artiste. Ah, je les ai détestés ces artistes, enfin tous. Toujours est-il que ce n'était jamais moi. On allait chez un tel et chez un autre mais pas chez moi. Moi je n'avais aucun talent il est vrai. Mais d'un côté est-ce que j'ai manqué quelque chose ? A part exhiber leurs formes sur leurs réseaux, que savaient faire ces jeunes femmes ? Rien ! Eh oui j'affirme cela pour me rassurer et m'en persuader mais je sais bien qu'elles étaient normales et que c'était moi qui ne l'étais pas. J'ai fait un travail sur moi-même. Une longue psychothérapie durant laquelle j'ai été mon propre psy. Enfin, la normalité, bof... En tout cas, j'en reviens à mes moutons, peu importe la méthode que j'employais, le résultat était inlassablement le même. Que ce soit en amour ou en amitié, j'étais le laissé-pour-compte. J'étais juste bon à faire leurs traductions d'anglais ou leurs devoirs de français. Je pense que l'on disait de moi « il ne sait pas travailler en groupe » pour avoir moins de regret à m'exclure. (un peu triste) Oui on me laissait pourrir dans un coin et si je crevais peut-être que la plupart s'en seraient réjouis, car beaucoup de gens n'ont plus de cœur de nos jours. Certains meurent et d'autres cyniques disent : « tant mieux, il ne fumera plus comme ça, ou il ne boit plus au moins, il a arrêté. » Ils se croient drôles mais sont acerbes et méchants.

Ai-je l'air de m'apitoyer, visiblement oui je dois faire trop pitié. N'ai-je pas toujours été ce gars que l'on n'appelle pas, que l'on oublie vite, celui à qui on envoie un petit message par charité, pour ne pas se sentir coupable, celui de qui on se plaint pour d'obscures raisons, celui de qui on dit « enfin, il n'est pas à plaindre », celui à qui on ne dit pas la vérité pour ne pas le froisser. Ou plutôt pour pouvoir mieux se moquer de lui. (un peu fin énervé) Mais de qui se moque t-on ? De moi ou de l'humanité ? Oui, ils ont voulu garder la vérité pour eux afin de conserver un ascendant sur moi, et puis plus tard m'asséner cette sale vérité de manière brutale sans me ménager, juste parce que ça les ferait rire. Certains disent qu'il faut préférer une vérité choc à un mensonge chic. Mais là non, cette vérité… Me la marteler ainsi, c'était pour m'humilier, m'anéantir ! La vérité est bonne à dire sur l'instant, dès que l'on en a l'occasion, avec quelques formes si l'on veut être moins désagréable. Ce sont comme ces gens qui disent « j'espère que tu comprends pourquoi je fais ça », ils ne peuvent pas expliquer ou se justifier directement, cela leur arracherait quoi, bon sang ? Une partie de leur âme ? Ils croient que l'on peut deviner, que la vie ne se constitue uniquement que de symboles et d'aucune parole transparente. La vraie vie, ce n'est pas de la poésie surréaliste.

A un moment donné, j'ai dû relever la tête et imiter tous ces autres qui réussissaient.

Et donc, quand j'ai rencontré Apollonia il y a douze ans et qu'elle m'a dit qu'elle voyait quelqu'un de vrai en moi et qu'elle voulait devenir ma femme, j'ai cru en elle comme on croit à une accalmie après des années de déluge. Je lui ai tout donné, absolument tout. Mon âme, mes sentiments, mes pensées, mon argent, mes joies et mes larmes. A la fin, ce n'était plus que des larmes. Bon, j'ai gardé la maison, elle n'en voulait pas. C'est déjà ça.

(air déçu) Quand elle m'a dit il y a deux mois, un jour de mars, pas loin de mon anniversaire, (imitant une voix de femme) « c'est fini je pars », je suis resté bouche bée et je l'ai regardée faire. Elle a fait ses valises et elle m'a dit qu'elle ne partait pour personne

d'autre. C'était juste qu'elle avait besoin d'être seule pour faire le point avec elle-même. Très bien, vas-y pars, je me suis dit, tu reviendras sûrement. Car très certainement tu es différente, je t'ai cernée, je te connais très bien à présent. Je me montrerai régulièrement attentionné et je la laisserai respirer et elle reviendra.
Mais ma sœur est venue me voir la semaine dernière. Elle m'a dit : « Assieds-toi sur le canapé, je vais te dire un truc assez dur à entendre, mon mari m'a quittée aussi et il m'a laissée pour Apollonia. » Même si j'étais bien installé, j'en suis tombé à la renverse. On ne peut pas détruire les gens de la sorte. Ma sœur est partie et elle m'a rassuré, entre guillemets, « tant pis, le temps effacera leur image. » Mais ma sœur est une sainte personne. Moi, j'ai dit non, c'est impossible que les choses se passent comme ça.
Je les ai convoqués hier, les deux fauteurs de trouble, en fin de matinée. (Là on le voit faire un mouvement de caméra avec son téléphone portable ou caméra numérique, il fait quelques pas, descend des escaliers pour se rendre dans la cave ou le sous-sol de sa maison, on voit mieux son visage dément, cheveux décoiffés, pupilles dilatées, yeux rouges). J'avais téléphoné à Apollonia et elle avait mis le haut-parleur, j'entendais l'autre qui disait « non, raccroche ! ». Moi, j'ai insisté, supplié : « j'ai vraiment besoin de comprendre, venez prendre un café, on en discute entre adultes. » Ils ont accepté, « ok, alors par amitié pour toi », je cite cette crevure.

Je sais que ce que j'ai fait n'est pas bien. Mais est-ce que j'avais le choix ? Rester seul avec ma peine ou faire comprendre au monde qu'on n'agit pas impunément.

(On apercevrait une table ou un chariot dans la cave.) Voilà, d'ailleurs je ne suis pas complotiste mais remarquez le nombre de personnes qui disent "voilà" depuis le vaccin contre une épidémie, voilà, d'abord je les ai endormis, j'ai dit que j'avais encore ce thé qu'ils appréciaient, celui très corsé et relevé. J'ai mis un somnifère dans leurs tasses. Ils se sont endormis au bout de cinq minutes. (Nouveau mouvement de caméra) Lui, je l'ai bien élagué, observez bien, j'ai pris ma tronçonneuse thermique et j'ai commencé par les bras puis j'ai sectionné les pieds et les jambes. (On verrait sur la table un homme tronc sous perfusion.) Il n'a même pas hurlé car il dormait profondément, je lui ai donné d'autres sédatifs. Hein Paolo que t'as rien senti ? (On verrait un visage épouvanté qui essaierait de faire sortir des mots de sa bouche avec des yeux révulsés.) Il me faisait toujours des grands sourires aux repas de famille. Tout ça pour se barrer avec ma femme. Mais quelle imbécile aussi celle-là. Regardez-la. (On distinguerait une femme bâillonnée et ligotée à un pilier à moitié endormie.) Alors ma chérie, allez fais coucou à la caméra, et dis-le que tu vas rester avec moi maintenant. (Elle tenterait d'articuler des sons mais on n'entendrait que « hmmm hmmmm ») Dis-le plus fort car là j'entends rien et le public non plus.

En achevant cette phrase, le scénariste souffla longuement puis se questionna : « Pourquoi est-ce que j'écris des trucs aussi tordus ? Peut-être à cause de toutes ces images que je vois à la télé ? Est-ce que si j'avais un enfant, j'écrirais des choses aussi malsaines ? Est-ce que j'ai besoin de combler un quelconque manque ? J'ai l'impression d'être une personne horrible. Suis-je un psychopathe ? »
Il examina encore une fois certains passages. Ses épaules se voûtèrent. Cela ne ferait pas un carton, il le savait bien, ce serait à peine un mini feuilleton tard le soir et encore il faudrait alimenter l'intrigue.

Il voyait déjà Ambrine lire ces âneries et exhiber sa mine dépitée. Elle poserait la main sur son front en secouant sa tête. Elle lui dirait : « il ne tenait qu'à toi de profiter de tout ce temps pour écrire un beau scénario et au lieu de cela tu as écrit des scènes complètement ignobles, nulles… » Elle ferait exprès d'employer ce « il ne tenait qu'à toi » car elle savait qu'il détestait cette expression. Elle ne voulait rien dire. Comme s'il n'y avait pas d'autres paramètres ou d'autres facteurs à prendre en compte. Il y avait la génétique, le milieu social, le talent, enfin il y avait toujours des excuses pour justifier qu'il ne tenait pas qu'à soi-même de réussir ou d'échouer.
Alvin referma son carnet. Si demain sa femme lui disait qu'elle n'aimait pas un seul de ses textes, il lui promettrait qu'il allait changer de métier et se reconvertir dans une cause utile, une association caritative ou de défense de l'environnement.

12

Dimanche, enfin. Le jour du Seigneur selon certaines croyances. Des gens vont pêcher, d'autres expier leur péchés, d'autres encore tailler des branches de leur Pêcher, mais c'est une autre histoire qui n'a rien à voir avec ce qui précède. Et avec les personnages qui nous intéressent.
Deux êtres se déplacent dans des mouvements parallèles, deux danseurs, séparés de quelque vingt kilomètres, qui effectuent des gestes synchronisés par connexion psychique ou par pur hasard. Ambrine et Alvin se réveillent à la même heure, prennent une douche, puis se préparent mentalement à revoir l'autre. Leurs pensées se tournent vers un unique but. L'amour.

Lui, il a déjà rangé ses quelques affaires dès qu'il avait été certain qu'il pourrait partir. Le docteur la veille au soir a donné son accord « Oui pour sortir mais à certaines conditions. » Dans tous les cas, s'il avait dit non, Alvin aurait signé une décharge. Rester enfermé comme cela, ce n'était pas sain pour son équilibre, ses derniers écrits pouvaient en attester. Il patiente donc tranquillement. Il porte un pantalon de survêtement et un simple t-shirt blanc.

Elle démarre l'auto et se met à rouler, avec quelque part, enfoui dans un des hémisphères de son cerveau, un bourdonnement très têtu qui lui raconte qu'elle est une autre personne plus importante que l'image que lui renvoie son rétroviseur intérieur. Mais elle balaie cette idée d'un revers de la main.

Lorsque la porte s'ouvre pour laisser apparaître son âme sœur, il l'admire : elle est si lumineuse qu'elle pourrait faire de l'ombre au soleil. Elle a des yeux, ce sont deux éclipses solaires, s'il les regarde trop longtemps sans précaution, il va se rendre aveugle. Cette femme lui transperce amoureusement le thorax comme lors de leurs premiers rendez-vous. Bénis soient sa mère qui l'a mise au monde et son père qui l'a façonnée.

Il l'attire contre lui et la serre dans ses bras. Elle a mis une jupe noire avec sa veste en jean et un haut beige. Belle et simple, un peu sainte ni-touche. Dans l'odeur particulière d'une chambre d'hôpital, ses cheveux sentent la violette, et son corps, une fragrance d'agrumes, un parfum citronné. Il desserre l'étreinte car il croit qu'elle va étouffer. « Ambrine, mon cœur à la crème, tu m'as trop manqué ! Je ne me rappelais même plus que tu étais aussi jolie. Comme dirait Brassens, "De la Madonne, tu es le portrait !" Ton téléphone a vraiment eu un souci ? Tsss, t'aurais quand même pu me contacter autrement, non ? J'ai vraiment cru que tu ne voulais plus de moi, que tu étais partie ailleurs refaire ta vie avec une autre personne ou bien que tu t'étais réfugiée dans une vie

monastique ! J'ai pensé que tu t'étais fait la malle et moi ça me faisait du mal… »
Les retrouvailles font de lui un moulin à paroles. La jeune femme apprécie l'effort du jeu de mots mais se contente de répondre : « Eh bien tu vois, je suis là, c'est que je ne peux pas me passer de toi ! » et elle sourit malicieusement. Alvin ajoute blagueur : « De toute façon, pour moi tout ce que tu dis a valeur d'évangile. »

Le docteur et ses yeux verts viennent faire leurs dernières préconisations : « Monsieur, vous êtes en état de marcher ! Cela dit, faites attention de ne pas appuyer trop fort sur votre pied droit. Utilisez des béquilles dès que vous ressentez des douleurs. Je vous remets cette boîte de médicaments remboursés par la sécu. S'il vous plaît, avant de sortir, si vous pouvez vérifier que vous n'avez pas subtilisé la télécommande par mégarde, beaucoup s'en vont avec. Nous devrons nous revoir pour faire un bilan dans une semaine. D'ici là, portez-vous bien ! »
Clopin-clopant, dans les longs couloirs de l'hôpital qui mènent jusqu'au parking, Alvin est aidé dans sa progression par Ambrine. Elle soutient un ange à bout de bras. Cet homme possède une beauté sauvage et animale. Un loup blanc puissant au regard noir et perçant. Un étalon qui n'a rien à envier aux types qui posent dans les magazines. Oui, malgré son statut d'handicapé provisoire, c'est un roi qui se tient dignement auprès d'elle. Et l'amour qu'ils se portent est leur royaume.

Le domicile est enfin à portée de vue. Depuis son admission aux urgences, six jours seulement se sont écoulés mais Alvin a trouvé le temps très long, une courte éternité de solitude sans voir la personne qu'il aime. Il suit Ambrine, tant bien que mal. Il entre dans la cuisine, remarque sur la table une sacoche à moitié ouverte. Un sachet dépasse, il le tire vers lui. « Tiens, qu'est-ce que c'est ? Tu manges des dattes toi maintenant ? Je croyais que tu n'aimais pas trop ça. » Il en prend une pour goûter. « Eh, mais elles sont délicieuses en plus ! Tu les as achetées où ? Au petit magasin du centre ? La dernière fois que j'en ai mangé d'aussi bonnes, ça date. »

Ambrine ne répond rien, sa conscience n'est ni à la plaisanterie ni aux calembours. En fait, elle est restée mutique pendant tout le trajet en voiture, se contentant de sourire avec sa bouche qui partait une fois à gauche, une fois à droite. Emberlificotée dans ses pensées démantelées, elle se gratte le menton. Elle va chercher quelque chose dans la chambre. Son esprit souhaiterait convoquer en sa mémoire des souvenirs lointains mais il y a toujours une barrière qui l'empêche : cette obscure confusion, ce sentiment d'irréalité, cette âme embrouillée.
Dans son cerveau, de la brume rend les images floues.

« Pour comprendre l'enfant, il est primordial de s'intéresser dès le plus jeune âge à sa psychologie.» Elle réentend très distinctement la formatrice qui discourait en déroulant le diaporama. Ambrine avait même retenu le début d'une citation du célèbre Piaget : « Si vous voulez êtes créatif, gardez votre âme d'enfant. »

En se baissant pour vérifier si sa recharge de portable ne traîne pas sous le lit, sa main bute sur son gilet beige. Dans une des poches, il y a un objet solide. C'est une petite pierre dans laquelle est incrusté un genre de cygne translucide. Sans doute une babiole achetée un jour dans un vide-grenier ou une brocante. Elle n'a jamais vu ce truc auparavant. En se relevant, elle découvre son sac à dos posé négligemment au pied du sommier. Le sac est tout troué mais dedans elle déniche une robe orange, un foulard, une plume, des objets insolites. Elle a beau ouvrir les tiroirs de son mental, elle n'est pas certaine de savoir d'où proviennent toutes ces bricoles.
A t-elle fait des emplettes durant les temps libres de sa formation ? Oui, assurément, mais dans quelle boutique ? Oublié. Tout de même, c'est dérangeant. Ces affaires, ce n'est pas son style.

Elle est seulement certaine d'une chose alors elle appelle d'une voix forte : « Chéri, viens, il faut que je te dise un truc, c'est tout bête, tu vas voir ! » Elle enfourne tout ce bazar pêle-mêle dans son sac à dos, le referme et le range dans un placard. Elle ne veut plus penser à cette histoire insensée, que ce soit cette formation ou ce rêve de voyage, cela est pour elle du pareil au même.

Elle se déshabille et passe une nuisette blanche. Quand Alvin entre dans la chambre, il ne boîte même plus (banal miracle ou coïncidence élémentaire ?) et il se rapproche d'elle en souriant, joyeux : « Oui ma puce, quoi ? ».
Ils s'assoient sur le lit. D'abord, elle entortille une mèche de ses cheveux autour d'un de ses index. Puis elle se saisit des deux mains de son mari et colle délicatement les paumes sur son ventre à elle.

Yeux en amande, un sourire illumine son visage. A la fois féline et câline, elle mordille sa lèvre inférieure, et puis dans un murmure, elle dit :
« Amour… Regarde, écoute, sens, touche, embrasse, en moi, je porte notre Monde ! »

Epilogue facultatif

Dans la chambre blanche d'un petit pavillon, un homme aux tempes blanchies, la soixantaine bien tassée, se tient assis devant une table. S'il regarde par la lucarne ovale qui lui sert de fenêtre, il voit à l'extérieur, droit devant lui, des prés qui s'étendent à perte de vue. Fond vert apaisant. Au loin, il peut distinguer un jardin dans lequel poussent sans doute tomates, courgettes et haricots ; plus loin encore un champ de maïs, un autre de colza, de soja ou de tournesols.
Parfois un tracteur vient briser le silence et la monotonie ou bien des vaches apparaissent pour brouter religieusement. D'autres fois, en fin d'après-midi, à la sortie des classes, des enfants jouent au football. Le terrain est délimité par quelques cailloux et les buts par des piquets en bois. S'il tend l'oreille, il entend les gamins crier et chahuter.
De temps à autre, un avion balaie le ciel, laissant sur son passage une fumée blanche.
Si son regard se porte sur la gauche, il devine la statue de pierre d'environ trois mètres de haut en comptant le socle. Le visage de la Vierge surmonte les thuyas et sourit paisiblement. Lorsqu'on lui

permet une promenade et que sa jambe ne le fait pas trop souffrir, il s'en va saluer la statue. Il se sent seul comme elle.

De temps à autre, on le laisse regarder la télévision. Il manipule souvent la télécommande mais l'écran ne s'allume que très rarement. Il doit y avoir des heures d'allumage programmées.

Sur la table, devant laquelle il semble prostré, sont dispersés des carnets, des feuilles volantes, des stylos de toutes les couleurs.

On toque à la porte, ce qui fait immédiatement se relever l'homme.

« Monsieur Alvin Drier ? C'est l'infirmière, je vais entrer ». L'infirmière en blouse blanche se faufile en douceur, à pas calfeutrés. Elle tient dans sa main un pilulier avec quelques médicaments et un pichet d'eau fraîche.

L'homme déclare, très énervé : « Je m'appelle Alvin Tominezzi, pas Drier !

– Mais oui, oui c'est cela, et la semaine dernière vous vous appeliez Alvin Letrossier. S'il vous plaît, ne dites pas n'importe quoi. Alors, vous avez bien écrit aujourd'hui Monsieur Drier ? »

L'homme lève la tête, les yeux hagards, il montre du doigt la table. « Il me semble que oui » articule-t-il lentement, avec beaucoup d'efforts.

« Encore des scénarios ?

– Oui

– Vous savez que ce n'est pas si bon que cela pour votre tête. Ça ne vous réussit pas…

– Oui »

Pourtant demain, s'il le demandait, on lui apporterait d'autres crayons et encore plus de papier. Il arrive qu'un psychiatre passe faire une visite, il embarque certains écrits et, après une lecture et une analyse plus fine, il doit déduire des évolutions ou des régressions sur l'état mental de l'homme.

Alvin Drier a oublié depuis combien de temps il était ici. Tout ce qu'il sait, c'est qu'il n'écrit que pour une seule femme, mais cette femme, il ne sait même plus à quoi elle ressemble ni même comment elle s'appelle.

Si, c'est Apolline. Ou alors Ambrine ? Mais non, il a une fulgurance. C'est Inès. Oui tout ce qu'il a écrit c'est pour elle. Il demande à l'infirmière la même chose que d'habitude, parfois avec un prénom différent :

« Est-ce qu'Inès viendra me voir ?

– Inès ? Qui est-ce ?

– Vous savez, ma femme.

– Oh Monsieur Drier, votre femme ne s'appelait pas comme ça. Vous ne vous en souvenez donc jamais. Ça fait presque dix ans que vous êtes arrivé ici et vous êtes toujours dans le déni. Non ça ne sert à rien que je vous le dise, comment elle s'appelait. »

Alvin Drier implore des yeux mais la dame ne veut rien savoir.

« Enfin, Monsieur Drier vous le savez bien au fond de vous comment elle s'appelait votre femme et vous savez bien pourquoi vous, vous êtes là. Vous avez été très méchant avec elle et vous devez dorénavant rester ici. Ah, d'ailleurs je dois vérifier que votre bracelet électronique fonctionne. Relevez un peu votre pantalon sur la jambe droite. Très bien, la lumière rouge clignote. Allez je vous laisse. Passez une bonne fin de journée. Et ne triturez pas trop la télécommande, ce n'est pas un téléphone portable ! »

Il retourne vers ses carnets. A chaque fois, il réécrit une histoire différente avec des nouveaux noms et des nouveaux prénoms.
Parfois des bribes de souvenirs réels se dispersent dans un océan de pensées délirantes. Inutilement, il réinvente une vie nouvelle, à lui et à la femme qu'il a tuée un lundi matin, il y a une vingtaine d'années.
Il tente de faire revivre cette femme avec des mots.
Chaque semaine, il s'invente un monde, un énième monde.

TABLE DES MATIERES

1. Un scénario	7
2. La jeune femme et le prêtre	26
3. Ambrine disparue	33
4. Le visage de la statue	44
5. Deuxième ébauche	54
6. Ambrine est chez le pape	66
7. Alvin s'interroge et ébauche encore	78
8. Ambrine voyage et fait des miracles	87
9. Alvin en a ras-le-bol - quatrième ébauche	93
10. Nouveaux miracles et retour au bercail	98
11. Alvin reprend espoir - dernières ébauches	109
12. Miraculeux	120

NOTES

Un jour, il y a longtemps (étais-je en primaire ?) je demandai par curiosité à une fille : « Où est-ce que tu vas ? » Elle m'a répondu, agacée : « Roh, chez le Pape ! ». Il me semble que je l'ennuyais avec ma question. Les années passant, je ne suis devenu guère plus doué en relations sociales et peut-être d'ailleurs que l'on m'a ressorti cette phrase.
Bref, premier degré, j'ai pris cela au pied de la lettre et j'ai imaginé un instant, bêtement, qu'elle allait réellement voir le Pape. C'est à partir de là que m'est venue toute cette histoire qui, il faut bien l'admettre, n'a presque ni queue ni tête.

Je tiens à signaler qu'il s'agit d'une œuvre de fiction. A la base, ce n'était qu'un assemblage de textes. Toute ressemblance avec des faits et des personnes ayant réellement existé serait "presque" purement fortuite et ne pourrait être "que" le fruit d'une coïncidence. Tout est donc entièrement faux. Aucune donnée n'est autobiographique, pardi. Bon, oui j'ai peut-être pioché quelques mots par-ci ou par-là dans des conversations que j'ai entendues. Mais je ne veux pas me fâcher avec qui que ce soit. (Comme le prénom d'Alvin qui signifie « ami de tous »)
Je vous prie donc de ne voir aucune offense dans mes écrits. C'était plus une sorte d'amusement, peut-être maladroit, en fait je me moque un peu de moi-même.

De plus, j'ai un profond respect pour chaque religion ou croyance. Même si je ne crois pas en tout.
Au fait, si un prêtre vient sonner chez vous pour vous montrer une statue dans une galerie souterraine, vous n'êtes pas obligé de le suivre !

    J'ajoute que la fin est facultative. Soit elle gâche la naïveté du récit soit elle donne un éclairage différent à tout ce qui précède. Finalement, il peut y avoir plusieurs lectures différentes.
Alvin Tominezzi existe et est réellement à l'hôpital. Ambrine voyage et accomplit ses miracles ou alors elle fait sa formation, peu importe. L'important n'est pas le voyage mais là où elle se trouve être le mieux. Ils se retrouvent, il s'aiment et attendent un enfant.
Ou alors Alvin le psychopathe de l'épilogue a inventé tout ce qui précède. Lors de son procès pour meurtre sur son épouse, il aura entendu le procureur parler de jalousie, de personnes que tout oppose, etc. Et comme la folie le ronge il invente des tas de scénarios, sur lui-même et sur sa femme qu'il a tuée. Enfin, on pourrait imaginer je ne sais quoi encore. Demain, il représenterait Ambrine avec un autre prénom en pilote d'avion ou en maraîchère.
Je préfère la fin heureuse mais l'autre permettait de lever quelques incohérences du récit. Et de faire un grand écart entre légèreté et tragique.

Je dédie ce livre aux êtres qui m'inspirent.

                                              Le 5 août 2024

AUTRES TEXTES

APHORISMES ET AUTRES

Amphorisme : art de mettre les mots en bouteille

Analphabète : il est très illettré ?

Arrêt maladie : si on se fait porter pâle en été, attention de ne pas bronzer

Bagarre vestimentaire : les couturiers voulaient en découdre

Beau temps : soleil flambant neuf à dix heures

Chat : ou pacha

Chemin de terre en détresse : SOS sentiers battus

Cheveux : que ma coupe soit réussie, cela s'est joué à un cheveu

Covid : malgré l'épidémie, je vaque sain à mes occupations

Désinfectant : dans le doute, je suis anti-sceptique

Equilibré : trouver le juste équilibre entre être un moins que rien et un plus que tout

Fleur magnétique : aura des pâquerettes

Libertin déprimé : il a accouché d'une dépression post partouze

Lit : il aimait une jolie jeune femmes avec de jolies couettes, il était dans de beaux draps…

Littérature : les hommes lettrés ne sont pas tous timbrés

Mou : on m'a défini comme étant mou mou, dur dur à vivre, mais je ne fais pas trop de remous

Piano : instrument non manichéen

Politique : mieux vaut être un élitiste qu'un élu triste, mieux vaut être un sultan qu'insultant

Psy : des innés psy peuvent-ils dire des bêtises ?

Riche : il était tellement riche qu'il se payait même le luxe de tout s'acheter

Schizo : si un homme est atteint de double personnalité et est averti, est-ce qu'il en vaut quatre ?

Seul : solitude bien ordonnée commence par moi-même

Serpent italien : vivre à Rome dans un vivarium

Solitude : un beau soleil dans un ciel bleu et personne avec qui le partager

Stress : si vous dites à quelqu'un « tu as l'air stressé », même s'il ne l'est pas il pourrait le devenir (en fait cela peut marcher avec d'autres états émotionnels)

Technologie : l'aspirateur robot aspire-t-il à devenir autre chose ?

Tuyau qui se débouche : ça s'écoule, ça c'est cool

(remarque : si vous constatiez que certains de ces écrits ne sont pas de moi, ce n'est pas un plagiat fait exprès)

(suivent quelques nouveaux poèmes avec un "je" ou un "tu" de l'instant et / ou imaginé)

POEMES DIVERS

TU SERAS JAMAIS

Tu seras jamais Gainsbourg
T'es juste un gars de la campagne
Tu n'y connais rien à l'amour
Toujours les mêmes qui gagnent

Tu seras jamais Mozart
Tu fais que jouer du pipeau
T'es juste un gars un peu bizarre
Tu as le blues dans la peau

Tu seras jamais le Christ
Tu n'aimes personne à part toi
T'es juste un gars un peu trop triste
Et ton cœur est froid, trop froid

POESIE A L'EAU

Devant la mer, amer
Je m'ennuyais, niais
Les gens riaient, grillés
Soleil ardent aidant
Certains lisaient, grisés
Dans un transat, transi
Moi je bronzais, rosi

POEMES D'AMOUR UN PEU RIDICULES

-Espérer l'amour-

Je t'aime un petit peu
En catimini
Je t'écris quand il pleut
Quatr' rimes minis

Collés à tes basques
Il y a trop d'humains
Ils portent tous un masque.
Aime-moi demain ?

-Maladie-

Epidémie d'amour
Dans nos cœurs solitaires
L'aimeras tu un jour ? (le sien)
Peut-être déjà hier ?

Non ton beau cœur d'hiver (ce chien)
L'a blessé sans détours
Il te faisait la cour
Tu lui jetais des pierres

Aucun mot de velours
A son oreille amère !

-Prise de tête-

Plutôt que d'écrire ta prose à une femme
Tu ferais mieux d'envisager les conséquences
Pour elle ce sera peut-être tout un drame
Pour toi une histoire banale de vacances

La tâche est trop ardue quand il s'agit d'amour
A force de penser je manque de maîtrise
J'ai encore perdu quelques cellules grises
Pour être fiancé, faudrait un peu d'humour

-Des fêtes tristes-

J'ai la tête pleine de toi
J'ouvre la porte, tu es là
Mais toi non, tu ne me vois pas
Ouais, ils sont mieux les autres gars

-Amour athée raté-

Ne fâche pas les dieux avec ta poésie
Au-dessus sont les cieux et nous posés ici
A se demander si on sert à quelque chose
Nos cœurs en dents-de-scie, nos vies à moitié roses
On regarde incertains les étoiles briller
On se sent souverains plus besoin de prier
Ne fâche pas ton Dieu avec d'autres blasphèmes
Laisse-moi voir tes yeux pour te dire je t'aime

POEME IDIOT

Si je suis resté seul toute ma vie
C'est bien à cause de la poésie
J'ai passé mon temps à mal compter les syllabes
J'enguirlandais mon chat, n'étant pas homme affable
Je rimais n'importe quoi
Et me prétendais génie
Un homme de bonne foi
Espérant ses mots bénis
C'est la dernière idiotie
Que je pourrais vous écrire
Ah oui non quelle facétie
Cela ne me fait guère rire
La pluie tombe sur mes larmes
Mon stylo a rendu l'âme

POEME MEGALO AU GALOP

Il faudra me parler juste en alexandrins
Je vous entends jaser : « ce gars-là a un grain »
Non je ne suis pas fier, pas du tout orgueilleux
Mon cœur n'est pas de pierre, il est bleu camaïeu.
Odieux comme un adieu, le tien est en titane
Es-tu à qui mieux mieux ? Ralentisseur, dos d'âne
Mes mots de doux efforts, je suis donc fait pour vous
Vous n'êtes pas d'accord, je suis bête j'avoue.

POEME AGÉ PEU IMAGÉ

Je rumine un euro perdu aux jeux d'argent
Je lis du Pessoa, j'ai l'air intelligent ?
J'ai raté mes trente ans, j'en ai presque un peu honte
Je n'ai plus trop de temps ça je m'en rien bien compte
Pour réussir ma vie, voulez-vous m'épouser ?
« Je n'en ai pas envie, cessez de me saouler ! »

POEME EN PROSE

La neige tombe ardemment
Les nuages éjectulent des flocons à pleins poumons
Le ciel est gorgé de sucre glace et les champs, moutons géants, s'immaculent de laine pure.
Les toitures des chaumières ne sont pas en reste, il ne chôme pas l'univers.
Les enfants jouent et crient sur ce tapis blanc, ils ne sont pas encore au courant que le temps leur fera peut-être oublier la beauté des hivers.
Existeront-elles toujours d'ailleurs les saisons ?
Il faut les laisser jouer et se cradoter et laisser les vieilles personnes radoter : ce sera toujours mieux il y a trente ans.

POEME ANIMALIER

Les chats leurrent leurs proies
Les grimaces limacent
Les dauphins ont dos froid
Les bécasses s'enlacent

Les cigognes s'en cognent
Les dindons se dédouanent
Les cygnes sont en rogne
Les ânesses s'avoinent

Les babouins s'embabouinent
Les marsouins se marronnent
Les hiboux se débinent
Les tatous s'encartonnent

Ces animaux est-ce que tu les vois ?
Ici ou ailleurs ou dans ces zoos là.

POEMES JOYEUX

1. Il faut arrêter d'être glauque
Si tu veux un peu de lumière
Personne ne te jettera la pierre
Si tu préfères le classique au rock

2. Quand rongé par les vers je me reposerai,
Mes bons os dévorés, ma carcasse pourrie,
Je ne pourrai plus dire « oh quelle belle vie ! »
Tuez le désespoir avant d'être enterré.

POEME A UNE SOUVERAINE

Elle a mis sa robe de glace
Paroles gelées et mots froids
C'est la plus belle de l'Atlas
J'aurais aimé être son roi
Je dis : « sois gentille avec moi »
Mais elle me brise les doigts
Et mon âme plie sous le poids
De sa toute petite voix.

SANS TITRE

Je me sentais ailleurs
J'étais pourtant ici
Est-ce grave, docteur ?
Oui importantissime
Rêves d'éphémère
Des fées-mères
Des femmes errent
Effet mer
Tu es le nombre x dans la ronde
Tu es le non-dit de ton onde
Tu es le nombril de mon monde

VAISSELLE

« Tu n'as pas l'air dans ton assiette »
Dit le couteau à la fourchette.
« C'est parce que j'ai bu la tasse
En chutant de la table basse ».